FAIRE LA ROMANCE

FAIRE LA ROMANCE

SARAH-MAUDE BEAUCHESNE

cardinal

À celles qui ne veulent pas d'enfant
À celles qui en veulent
À celles qui en ont et qui regrettent
À celles qui en ont et qui tripent
À celles qui n'en ont pas et qui souffrent
À celles qui ne savent pas pantoute

NULLE PART

Sur les murs de la salle de bain de ma maison d'enfance, ma mère avait accroché des photos laminées par dizaines. On ne voyait même plus la couleur de la peinture – un vert forêt très dense –, juste des souvenirs sur pellicule : Noël dans le salon le sapin jusqu'au plafond, des crises de larmes en gros plan (plus souvent moi que ma grande sœur), les premiers jours d'école, de la maternelle jusqu'à ce qu'on soit trop ados pour dire oui à une photo, les grands-mères émues et floues parce que l'instant était trop beau pour rester statique derrière l'objectif, des moments d'été en foufounes du popsicle jusqu'aux cuisses joufflues, des chorégraphies dans la piscine hors terre, des pitous mouillés ou endormis, de la famille mal agencée les jours de fête, des danses sous la pluie en pleine tempête d'été.

Et aussi, et surtout, deux accouchements.

Ma mère en sang qui pleure de douleur-joie-épuisement. Mon corps nouveau et gluant sur son ventre fatigué, celui de ma sœur deux ans plus tôt. Perdues dans les souvenirs légers de notre vie de famille :

nos naissances en laminages, même format que tout le reste, comme si de rien n'était.

Petite, j'aurais voulu les cacher dans la vanité chaque fois qu'une amie venait jouer à la maison. Je ne comprenais pas, j'aurais souhaité plus de pudeur de la part de ma mère. Pour moi, c'était obscène, glauque, dégoûtant. C'était des scènes d'une intimité trop grande pour être montrées aussi simplement, parmi tant de moments anodins. C'était de la provocation. Je trouvais ma mère effrontée. Sa fierté me faisait honte. Mais aujourd'hui, ce que je vois dans cette fierté, c'est la force tout entière de la femme qui m'a élevée à bout de bras, qui a charcuté son corps pour moi, qui a oublié ses amies pour moi, qui s'est sciée en mille pour moi, qui a négligé tout plein de parcelles de la femme qu'elle était pour moi. Pour moi, pour moi, pour moi. Depuis que ces photos ont été prises, ma mère vit au rythme de mes émotions, de mes accomplissements, de mes angoisses, de mes victoires, de mes peines d'amour et d'amitié. Je m'en veux de ne pas avoir compris plus tôt que ces photos étaient la preuve du dévouement ultime.

Le sang qui coule entre ses jambes, son corps épuisé, vidé, son visage déformé par le choc. Ce laminage est une lettre d'amour. La plus importante de toutes.

Je comprends, là maintenant, à 33 ans, que ces photos permettaient à toutes les autres d'exister. Pour ma mère, ces accouchements avaient tout autant leur place sur ce mur de joies quotidiennes que le reste.

Si j'avais eu à accoucher, fort probablement que j'aurais fait laminer ce moment moi aussi, en plus grand format encore, comme un hommage. Ou une excuse. Pour que ma mère sache que sa fierté avait sa place, qu'elle aurait pu en prendre plus, même. Ou comme une rébellion qui aurait voulu dire : « Regardez ce corps défait, il est fatigué et puissant et gorgé d'amour, regardez comme j'existe fort. »

Aujourd'hui, je me demande pourquoi je n'ai pas compris plus tôt que le geste d'accoucher est d'une beauté qui mérite d'être affichée, tapissée sur les murs de nos maisons, de nos villes même. Peut-être que je me blâme à tort et que c'est la faute des adultes si j'ai été incapable, jusqu'ici, de célébrer ces laminages. La faute des hommes surtout, qui jettent sur les femmes, depuis des millénaires, la honte d'exister, d'habiter ce corps, de saigner, d'avoir mal, de donner la vie. C'est peut-être leur jalousie qui nous écrase, qui nous empêche d'être fières de notre don spécial.

Ce don que je rejette.

Car je ne veux pas d'enfant. Pour l'instant. Ou pour toujours, je ne sais pas. J'ai toutefois de la difficulté à ne pas être déçue de moi-même face à ce rejet volontaire. Quand j'essaie d'assumer ma décision de ne pas devenir mère, j'ai la vive impression de bouder ce qui pourrait être mon plus grand plaisir, de passer à côté de quelque chose de grandiose, de me priver d'une transformation, autant physique que psychologique, qui me permettrait de vivre plusieurs vies en une. Mais je sais aussi que si je ne deviens pas mère, je vivrai une vie de grande liberté où ma créativité, mes amitiés et mes aventures seront au cœur de mon quotidien. Et c'est beau, ça me ressemble.

Quand je me mets à vouloir un enfant, durant une période hormonale bizarre, dans le tourbillon d'une relation amoureuse ou dans un besoin de faire comme les autres, de me ranger ou de me sentir moins seule, j'ai l'impression que je suis en train de me conformer, de devenir ce que je ne veux pas : une femme qui a besoin de quelqu'un d'autre pour se sentir complète, à commencer par un homme, puis un enfant. En même temps, j'ai aussi l'impression que j'aurais assez d'amour à donner pour me sentir adéquate dans le rôle de mère, que j'y trouverais mon compte, que je serais capable d'être heureuse ainsi.

J'oscille entre ces deux possibilités, ces deux grandes vies, et je sais que je ne serai pas complètement heureuse, moi-même et entière tant que je n'aurai pas pris ma décision.

Ma réflexion sur la maternité, de manière aussi consciente et concrète, est nouvelle. Elle est arrivée dans ma vie sans que je m'y attende, sans que j'y sois préparée. Et même si je commence à peine à la décortiquer, elle prend toute la place. Elle est violente, intense, accaparante, elle m'habite tout entière. En quelques années, elle s'est hissée au sommet de ma longue liste de questions existentielles, une liste qui comprend entre autres ces interrogations loin d'être légères :

1. Est-ce que je m'aime assez pour être capable de tomber en amour ?
2. Est-ce que ça vaut la peine de rêver s'il n'y a plus de glaciers ?
3. Est-ce que je suis hétérosexuelle pour plaire à mes parents ?

Mais la grande, l'immense « Est-ce que je veux être mère ? » gagne la médaille d'or, surpasse toutes les autres, et de loin. C'est comme si le temps pressait, comme si je devais trouver des réponses là, tout de suite, avant de vieillir, avant de regretter, avant de passer à côté de quelque chose d'inégalable.

Je suis une femme qui aime faire des plans, qui fonctionne mieux avec des plans. J'en ai besoin pour calmer mon anxiété, pour apprivoiser ce qui s'en vient, pour éviter les surprises. Je suis comme ça, j'aime contrôler ce que je vis et ce qui m'attend, au meilleur de mes capacités.

Alors quand j'essaie d'imaginer ma trentaine, j'ai besoin d'écrire mon histoire à l'avance, ou du moins, de placer le plus de pions possible pour percevoir, à l'horizon, l'ébauche d'une vie qui me ressemble. Est-ce que je vais consacrer les années qui s'étendent de tout leur long devant moi à m'occuper d'un enfant, ou est-ce qu'au contraire, tout est à inventer, puisque le modèle d'une femme qui n'est pas mère m'est quasi inconnu ?

Plus j'essaie de prendre une décision, plus je me rends compte que cette réflexion face à la maternité influence tout ce qui m'entoure, tout ce qui me définit : ma relation avec mon corps, avec mes amies et ma sœur, avec ma mère, avec les hommes de ma vie, avec ma sexualité, avec mon anxiété, avec ma solitude, avec mon écriture.

À travers ce livre, j'ai envie de mieux comprendre pourquoi la question de la maternité me taraude autant, à 33 ans. J'ai besoin d'explorer la femme que je suis et que j'ai été, sous toutes les coutures de mon cœur et de mon corps, de revisiter mes amours, mes ébats, mes colères, pour encore mieux me connaître et imaginer la forme que prendra la vie qui se dessine devant moi. Parce que pour une rare fois, je ne suis pas intransigeante; ce n'est ni blanc ni noir, c'est un « peut-être », c'est un « je ne sais pas ». Cette zone grise est inconfortable pour tout le monde, autant pour moi que pour ceux et celles qui voudraient que je me range dans un camp ou un autre. L'incertitude, quand elle est liée à la volonté d'être mère ou non, est peu discutée. C'est soit on veut des enfants, soit on n'en veut pas. Souvent, les femmes qui en veulent ou qui en ont déjà en parlent beaucoup. Les mères explorent la maternité en collectivité, dans le partage des expériences, des attentes, des craintes et des joies. On les célèbre, avec raison, pour le courage, la résilience, la patience, la polyvalence, la générosité et le don d'elles-mêmes dont elles font preuve quotidiennement. Les femmes qui ne veulent pas d'enfant ou qui n'en ont pas, elles, sont plus silencieuses, discrètes, ou peut-être qu'on ne s'intéresse seulement pas assez à elles, peut-être qu'on les met de côté, qu'on les oublie, qu'on ne les considère même pas, finalement. Et quand une femme se situe dans l'entre-deux, dans l'ambivalence pure, il y a un genre de flottement, un malaise, comme si le chemin vers le choix n'avait pas de place pour exister, pour évoluer, pour fluctuer. Il faudrait qu'on se range d'un côté ou d'un autre, qu'on ne bouge pas et qu'on se taise. Et surtout, qu'on ne change pas d'idée.

Mais moi, je me situe bien au milieu, et j'ai besoin d'en parler pour me décider.

J'avance et je recule au gré de mes cycles menstruels, de mes hormones, des rencontres, du travail, de ma santé et de celle de la planète, de ce qui me rend heureuse ou triste ou en colère ou énergisée. Je virevolte, je change d'idée, je pense que je sais, puis finalement non, je ne sais plus. Du tout. Et je ne peux pas poursuivre ma réflexion sans prendre conscience du fait que pouvoir choisir, prendre part à une quête comme celle-ci, est un privilège en soi. Et c'est pour cette raison que je prends le temps d'y donner de l'amour, à ce choix. Je ne le tiens pas pour acquis, je le prends au sérieux, je le chéris.

À force d'essayer de décortiquer ce choix dans mes conversations et mes écrits, je me rends compte que la période de réflexion est plus douloureuse, plus longue et plus anxiogène que je ne l'aurais imaginé. En fait, j'ai la vive impression que cette phase de ma vie est la plus déterminante de toutes.

Quand je m'imagine mère, j'imagine aussi ma renaissance. Pour moi, c'est intimement lié, l'un ne va pas sans l'autre. J'ai l'impression que je recommencerais ma vie à zéro, que j'entamerais une toute nouvelle existence, que tout ce que j'aurais vécu avant de tomber enceinte serait déconnecté de ce qui se prépare. Et je ne sais pas si j'ai l'énergie de recommencer. Je trouve ça long, deux vies, je trouve ça essoufflant aussi. Je devrais tout apprendre, tout ressentir pour la première fois, et juste d'y penser, le souffle me manque. Comme quand on vient de passer à travers une épreuve, qu'elle ait été déterminante ou anodine, agréable ou plutôt inconfortable – une longue randonnée en montagne, par exemple, ou encore un voyage éprouvant ou une peine d'amour –, et qu'on repasse dans notre tête le chemin parcouru et les moments vécus, puis qu'on se demande comment on a fait pour avoir l'énergie nécessaire pour accomplir tout ça. Quand je réfléchis à l'idée de devenir mère, une fatigue qui me semble insurmontable m'envahit.

Quand je m'imagine nullipare, j'ai besoin de faire la liste des choses qui vont compenser ce choix, j'ai besoin de savoir que je serai une femme complète quand même, que je serai valide, que j'aurai le droit d'exister tout entière. Je me rassure en énumérant tout ce que je peux être et devenir, si je décide de traverser les années sans avoir d'enfant. Ça me permet de mieux respirer, de meubler mon horizon, de m'aider à voir clair dans tout ce temps qui m'attend. Et j'évite toujours de parler de vide; ce n'est pas exactement ça que je vois devant moi si je n'ai pas d'enfant, c'est plutôt de la liberté. Mais cette liberté peut faire peur, elle est intimidante. J'essaie aussi de me dissocier d'un terme comme « nullipare », un mot à la combinaison de lettres gracieuse, mais qui ne fait que me crier que je serais « nulle » et « nulle part » à la fois, que je n'aurais ni valeur ni lieu où exister comme je suis, sans enfant. Je le rejette pour éviter de m'imposer une étiquette, d'appartenir à une case hermétique, toute petite, celle des femmes ou de toute personne qui n'a jamais accouché et qui est définie par ce choix ou cette fatalité, sans qu'on lui donne la possibilité d'être ou de devenir tellement d'autres choses.

Est-ce que
je veux
être

mère ?

Ce livre, il s'écrit pour ça. Pour m'aider à accepter de ne pas vouloir. Mais aussi, peut-être, pour m'aider à accepter de vouloir. Ce livre s'écrit dans un état de chaos, au détour d'une transition. Je suis affaiblie par une incertitude qui ne me ressemble pas.

Être mère ou ne pas être mère, c'est, pour moi, une quête identitaire.

Et c'est la plus grande question de ma vie.

J'ai tout juste 33 ans et malgré que je sois une femme décidée, je suis déchirée. J'ai autant envie de sécurité que de liberté. Je suis déchirée entre vivre dans la conformité sans trop me poser de questions ou bien naviguer dans le doute et l'inconnu en défiant les règles et les attentes. Ces attentes que j'ai intégrées très jeune, comme la grande majorité des femmes autour de moi, qui se sont manifestées dans les contes, les livres, les films, qui se sont imposées dans mes rêves et qui m'ont convaincue que ce que je voulais plus que tout, c'était d'être aimée par un homme. Un seul. Toute ma vie. Ces mêmes attentes qui m'ont poussée à m'imaginer mère, avec comme mantra le classique mensonge « ils vécurent heureux et eurent beaucoup d'enfants ». Parce qu'il paraît que c'est juste juste ça, le bonheur: la sécurité amoureuse et la maternité.

Mais moi, ma vie – que je trouve belle et douillette, en passant –, c'est plutôt: elle vécut heureuse une journée sur deux tout dépendant de son cycle menstruel et des aléas de son cœur libre, et ne sut pas si elle voulait se déchirer les entrailles en accouchant.

Moins cute. Plus réaliste. Plus juste. Plus moi, surtout.

MOINS OVNI

J'ai 25 ans, c'est la deuxième année d'une période importante que j'aime appeler « mon grand célibat ». Mon cœur est (pour le moment) réparé, il est plus solide, il n'est plus nostalgique de mon passé amoureux, de cette dernière relation intense qui a meublé le début de ma vingtaine, à coups de promesses d'amour éternel, de bières tablette dans Hochelague, de nuits blanches à nager-fourrer dans une piscine publique, de tendresse maladroite et de chicanes parce qu'on est saouls ou fatigués ou mal dans notre peau ou tout en même temps. C'était beau, imparfait, sexuel, divertissant, électrisant, rock par bouts, doux par d'autres. C'était un de ces premiers amours foudroyants qui nous font faire des choses qui parfois ne nous ressemblent pas, comme fermer les yeux sur des petites violences, des mots qui font mal, des oui qui auraient dû être des non.

C'est la jeunesse et la naïveté et le manque d'expérience, d'éducation et de confiance en soi qui nous font faire ça.

Mais c'est fini, ce temps-là. Je crois.

Je rêve d'une nouvelle façon de vivre des émotions fortes, de les retrouver dans des gestes moins dramatiques et des relations plus saines, qui ressemblent un peu plus à la femme que je suis maintenant. J'ai besoin de douceur. Plus que je pense. J'ai besoin de douceur, mais ce qui est à la mode, ce sont les histoires d'amour qui font souffrir et qui marquent longtemps et profondément pour les mauvaises raisons. Il faut peut-être être rebelle pour aimer doucement.

Un souvenir bien vif m'habite quand je repense à cette dernière relation. Je suis assise sur mon amoureux, on se regarde dans le blanc des yeux, on est jeunes, on boit de la Pabst dans son appartement qui sent la litière de chat, mais où je me sens étrangement à la maison, et il me confie qu'il aimerait un jour être père, mais qu'il ne sait pas s'il est fait assez fort pour ça. Je me souviens que mon seul réflexe avait été de le rassurer, de lui faire la longue liste de ses qualités, de lui faire voir comment moi, je le voyais : sensible, beau dedans-dehors, travaillant, drôle (mais moins que moi). Mais je ne me souviens pas de m'être imaginée mère à mon tour, à ce moment-là. Je ne me disais même pas que la maternité n'était pas pour moi, je n'y pensais juste pas. Cette possibilité, cette vision, elle n'appartenait qu'aux autres.

Je considère mon ventre et mon sexe comme un champ de bataille autant qu'une fête à laquelle je ne suis pas (encore) invitée, je n'ai pas l'espace pour imaginer une grossesse, ou même une vie d'adulte. Je ne me connais pas.

Je veux profiter de ce début de quart de siècle pour me réapproprier ma vie affective et ma sexualité. J'ai envie d'explorer les multiples façons qu'aura mon cœur d'aimer, de prendre le temps d'apprivoiser mon corps et les plaisirs qui s'y rattachent, en essayant d'enlever une petite couche de honte, de gêne, de retenue.

C'était un de ces premiers amours foudroyants

qui nous font faire

des choses

qui parfois ne nous ressemblent pas,

comme fermer les yeux

sur des petites violences,

des mots qui font mal,

des oui

qui auraient dû être des non.

Quand je repense à toutes les fois où j'ai fait l'amour durant les quatre années de cette relation, je ressens beaucoup de tristesse. J'ai l'impression qu'à tout coup, je quittais mon corps, je me dissociais du moment présent pour plein de raisons. La première, pour la petite honte. Enfant, puis adolescente, on ne m'a jamais parlé de ma sexualité comme quelque chose de puissant pour moi, comme un acte de pure allégresse. Au contraire, c'était un acte plutôt dangereux qui engendrait des situations malheureuses, comme les infections transmises sexuellement ou, pire, une grossesse involontaire. La notion de plaisir au féminin, dans sa plus simple expression, n'a jamais vraiment existé dans ces rares conversations au sujet de la sexualité, autant avec mes parents qu'à l'école. Si ledit plaisir venait s'immiscer dans ces échanges, il était synonyme de vice, comme si une femme qui profitait réellement d'un acte sexuel était sale, étrange, obsédée. Elle vient de là, la honte qui accompagne mes ébats amoureux.

Je quittais aussi mon corps pour échapper à ce sentiment d'impuissance, comme si faire l'amour avec cet homme, ou avec n'importe quel homme finalement, m'enlevait de ma force, de mon pouvoir. Je me suis toujours sentie « moins que », j'ai toujours éprouvé un malaise, que j'ai encore de la difficulté à m'expliquer ou à assumer peut-être, face à la pénétration. J'ai l'impression qu'on m'a monté un beau grand bateau, comme la chanson. Alors qu'on m'a toujours synthétisé le sexe ainsi : « un vagin est pénétré par un pénis », je me rends compte que c'est spécifiquement cette « étape » d'une relation sexuelle qui me procure le moins de plaisir. C'est plutôt l'inconfort qui y domine chaque fois. Je dois être cassée, faire défaut ou être ingrate : on veut me faire l'amour et mon corps ne veut rien savoir. Alors j'attends que ça passe et je fais comme si c'était bon, tout le temps. Mais tout ce que je sens, perpétuellement, c'est qu'on m'oublie, qu'on m'affaiblit, et surtout, qu'on m'impose une sorte de plaisir, ou une manière unique d'avoir du plaisir. La manière qui convient à l'homme. La seule qu'on m'ait présentée jusqu'à aujourd'hui.

Je relis mes journaux intimes pour assouvir ma nostalgie ou pour essayer de me comprendre un peu mieux, et je tombe sur des mots qui me secouent. Ils datent de février 2012, j'ai 22 ans, je bois trop, je fais la liste des choses que je mange en pleurant, j'habite sur le boulevard Saint-Joseph, j'ai beaucoup d'ami(e)s et je me sens tout le temps toute seule. J'écris :

> *Je pense que. J'ai comme peur. De la sexu. Un corps d'homme c'est stressant. Je sais pas. Je dis ça comme ça.*

Je sais ce que je voulais dire, je voulais dire que les hommes, dans leur façon de me séduire, de me toucher, de me pénétrer, de m'utiliser, me donnent l'impression que je n'existe pas. Que quand je couche avec eux, c'est pour eux que je le fais. Jusqu'à maintenant, je n'ai jamais fait l'amour juste pour moi.

Et puis les rares fois où les ébats sont agréables, grâce à un doigté délicat ou un cunni généreux, je quitte mon corps encore une fois parce que je suis pleine de culpabilité. Je me rappelle, le temps d'un court orgasme gâché par trop de pensées obsessives, qu'accepter le plaisir jambes grandes ouvertes est synonyme de saleté, d'étrangeté, d'obsession. J'aurais aimé avoir, à l'adolescence et au début de ma vingtaine, des modèles de femmes qui célébraient les joies du plaisir féminin, qui n'avaient pas peur de polir, de faire scintiller même, l'image d'une sexualité décomplexée, pleine de longs orgasmes foudroyants, bruyants et humides.

En n'ayant jamais pris le temps d'explorer les nuances de mon plaisir, son étendue, son arc-en-ciel de possibilités, je considérais aussi l'acte sexuel comme la preuve que mon couple était en santé. C'est la sexualité qui validait notre union. Si la fréquence de nos ébats était plus rare, je me demandais ce qui n'allait pas entre nous, ce qui n'allait pas chez moi, surtout. Je scrutais mon corps à la loupe, à la recherche d'une livre en trop qui pourrait enlever à mon partenaire l'envie de me faire l'amour. Je repassais en boucle nos conversations, déterminée à y dénicher des propos qui auraient pu le froisser. Je m'inventais des scénarios de tromperie, de filles plus belles que moi, de désintérêt inexplicable. Puis dès que notre rythme sexuel reprenait de sa vivacité, j'étais rassurée jusqu'à la prochaine petite sécheresse.

J'étais tout le temps fatiguée, dans ce temps-là.

Ce passage de *The Vagina Bible*, de la gynécologue canadienne Jen Gunter, me permet de me sentir moins seule, plus confiante, moins... ovni.

> « *It is hard to overestimate the damage done by Sigmund Freud in popularizing the myth of the vaginal orgasm. Only one third of women are capable of achieving orgasm with penile penetration alone (meaning hands off, penile thrusting only), so the idea that everyone should be having orgasms this way results in two thirds of women believing there is something wrong with their sexual wiring when really they are perfect. Not orgasming with unassisted penile penetration is not a flaw, it's a feature*[1]. »

Cette déconnexion avec mon corps – mon clitoris, ma vulve, mon vagin – est donc commune, très commune même.

1. LES TRADUCTIONS DES EXTRAITS CITÉS SE RETROUVENT EN FIN D'OUVRAGE.

Elle dit aussi :

> « *Not knowing your anatomy, how it works and how to make it work, is disempowering and puts women at a disadvantage in a sexual relationship. Many heterosexual women learn about sex from male partners, who are often uneducated or undereducated themselves about the mechanics of female orgasms*[2]. »

À 25 ans, je suis fébrile à l'idée de découvrir à quoi ressemblera ma sexualité maintenant que j'en ai le contrôle, maintenant que je suis la seule à la combler. Pour m'apaiser, me permettre de me reposer et de regagner une certaine confiance en mon corps, pour libérer la honte, surtout, j'ai besoin d'exercer de petites rébellions. Des fois, je vais à la pharmacie acheter des tampons, des serviettes sanitaires, des condoms ou du lubrifiant en essayant de le faire avec fierté, la tête haute, sans prendre de sac à la caisse pour cacher mes achats. D'autres fois, je me masturbe en élaborant des scénarios qui pourraient gagner des oscars, ou je verbalise à mon amant du moment que je n'ai pas envie de faire l'amour sans m'excuser quinze fois de suite. J'essaie aussi, lors d'ébats avec un homme, de nommer, avec des mots ou des gestes clairs, ce qui m'excite réellement, même si c'est très précis, plus complexe, même si c'est plus de travail pour lui. C'est une étape plus ardue pour moi, moins naturelle, encore empreinte de gêne et de culpabilité, mais j'y travaille, et fort à part de ça. Sinon, à quoi bon faire l'amour ? Je refuse de revenir en arrière.

Ma rébellion se manifeste aussi en solitude; je m'installe au bar d'un restaurant, je commande du vin, je lis un livre, j'écris, j'espionne, je réfléchis, je mange, je regarde le vide, je deviens vite tipsy, je souris. Je souris pour le nouveau mot que j'apprends en lisant le menu (exemple : salsifis), pour les amoureux autour, pour ma bouchée parfaite, pour

Jusqu'à maintenant,
je n'ai jamais fait l'amour

juste
pour
moi.

la chanson qui joue, pour le texto que je viens de recevoir (souvent c'est une chum de femme qui me demande comment je vais accompagné d'un émoji qui me rappelle un souvenir joyeux).

Je vis mes moments seule comme une anarchie. C'est une jouissance rebelle.

LA SORCIÈRE DU PLATEAU EST

J'ai 26 ans. Je vis et je rêve à travers mon téléphone, je travaille dans mon lit, je dors tard, je me maquille beaucoup, je soupe dehors sous un chêne qui me surveille quand je me risque à faire du barbecue.

La cour de mon nouvel appartement, mon premier à moi toute seule, donne sur une ruelle verte. Les enfants du quartier l'ont nommée la Cachalot, je trouve ça complètement gossant. Moi, je lui aurais donné un nom plus sophistiqué, qui inspire le vert, l'été, les grandes marches, les feuilles en chute libre l'automne, les peaux de lièvres l'hiver, les idylles au printemps. Quelque chose comme la ruelle douce ou la ruelle smatte ou la ruelle de la romance éphémère. Quelque chose qui inspire tout sauf la marmaille, les jeux d'eau et les popsicles collants par temps de canicule, les parents fatigués, les genoux égratignés, le small talk d'allaitement, de cour d'école, de siestes, de dents qui poussent, de TDA, de nouveaux mots.

Je vis seule, j'ai le cœur libre, je n'ai pas d'enfant, je n'ai pas ma place dans ce bout de rue en vignes. Je suis la sorcière du Plateau Est.

Souvent, c'est à l'heure de l'apéro que je sors mon balai et mon chapeau pointu. De l'autre côté de ma clôture vert forêt, peinte à la botch par mes doigts de mégère, c'est une fête d'enfants qui dure depuis le début de l'été. Tout est permis; les cris, les pleurs, les rires, les chicanes, les pièces de théâtre, le vacarme incessant des ballons et des roues de brouette contre la gravelle. C'est mon petit cauchemar. J'essaie de refaire le monde avec mes chums de filles, mais le bonheur des familles du quartier m'empêche de parler dans le dos des gars qui me font de la peine. Tout le temps. Perpétuellement.

Tout en espérant que l'heure du dodo imminente vienne calmer les ardeurs de la belle Cachalot, j'essaie de raconter ce qui se passe dans mon cœur, en ce soir d'été généreux qui s'étire gracieusement, avec son ciel lilas et son vent qui coiffe mon toupette signature. Ce soir, j'aurais envie d'avoir à ma table tous les hommes que j'ai embrassés dans la dernière année. Pour leur poser les vraies questions, pour qu'ils me regardent dans le blanc mouillé des yeux en me confiant ce qui se passe dans leur cœur à eux, pour comprendre les raisons de leurs petites méchancetés, de leurs grandes absences, de leur manque de constance, de douceur, de politesse.

Les silences qui s'installent entre mes amants et moi, au fil de ces récents mois de célibat, me rendent toute petite. Ils se succèdent, se répètent, se ressemblent, s'accumulent dans mon journal intime. Mais entre femmes, c'est tout le contraire. Dans le confort de cette terrasse plus particulièrement, les sentiments sont nommés, parfois maladroitement, d'autres fois de manière très claire, très concrète. La peine, la trahison, la solitude, la jalousie, tout est décortiqué, analysé, viré de tous bords, tous côtés. Et ces longues discussions arrosées de rouge (léger, évidemment) nous font avancer, réfléchir, grandir. Elles sont nos outils, notre sorcellerie.

J'ai de la difficulté à comprendre pourquoi un canal de communication aussi sain, aussi libre et salvateur n'existe pas entre moi et les hommes qui meublent mes nuits. J'ai pourtant vécu de beaux moments avec eux : de grandes marches sous un ciel étoilé à être émue devant la nature urbaine et à frencher sous les lampadaires. Des soupers au restaurant à manger des huîtres même si j'haïs ça, à parler de comment on va se faire l'amour tantôt. Des ébats en plein air, des orgasmes de ruelle, des week-ends à cuisiner en t-shirt-bobettes, à s'embrasser le corps tout entier chacun notre tour, à regarder des films à moitié parce que nos mains se faufilent dans nos pyj. Des discussions nostalgiques, des débats musicaux, des anecdotes attachantes, du partage spécial, de la séduction exaltante. Des moments précieux, qui m'en apprennent sur la femme que je suis, des moments lascifs, qui m'en apprennent sur mon corps, sur ce que je veux vraiment, sur ce que je ne veux plus, sur ce qui me donne envie d'en redemander. Ce n'est pas parfait, mais ma sexualité est plus légère, elle me donne un répit. Il arrive encore que je me sente coupable-conne-honteuse, mais j'avance, et plus souvent qu'autrement, j'en retire une satisfaction sincère, joues rosées, toupette ébouriffé et longs frissons en prime.

Je ne perds pas mon temps, je suis une femme qui apprend.

Mais ces hommes, intelligents, gentils, pas mal doux, généreux pour la plupart, drôles par moments, beaux à leur façon tout le temps, deviennent, à un moment ou à un autre, complètement silencieux. Ils disparaissent. Et ma sorcellerie n'y est pour rien, promis juré.

J'ai beau rédiger des textos à la syntaxe et à la ponctuation impeccables dans les notes de mon iPhone, des messages clairs, jamais lourds, avec une pointe d'humour et de tendresse. J'ai beau attendre patiemment une réponse, me raisonner, rester calme, analyser le délai avec trois amies différentes. J'ai beau me relire, me rassurer, me parler fort et me répéter que je n'ai rien à me reprocher. J'ai beau m'aimer assez pour m'endurer, pour m'imaginer seule à nouveau, ça fait mal chaque fois.

Sorcière toute-puissante ou pas. Le rejet grafigne à tout coup.

La distance entre nous m'épuise, me décourage, me donne de plus en plus envie de renoncer à toute forme d'union, qu'elle soit éphémère ou durable. J'ai besoin de parler pour aimer, moi. Et leur mutisme m'empêche de ressentir quoi que ce soit, d'avoir de l'espoir, de rêver à la romance. Moi, j'apprends, et eux, ils se taisent, ou ils abandonnent. J'aurais assez de matériel, de confidences et de réflexions pour créer des conférences en entier sur comment je me sens, et eux, ils n'ont rien à me dire.

Dans *Vieille fille*, de la journaliste française Marie Kock, l'autrice réfléchit sur sa façon, et sur celle des femmes en général, d'aimer les hommes, et sur sa volonté de plus en plus assumée de vouloir se libérer d'eux et de la vie conjugale :

> « *Nous avons appris à aimer les hommes comme on aime les enfants. À dépenser tellement d'énergie et de savoir-faire mental et émotionnel pour les cajoler, les encourager, les aimer, quelle que soit la dureté du régime auquel nous acceptons de nous soumettre pour vivre avec eux. À trouver de la beauté et de la joie dans l'asservissement, de la fierté dans l'épanouissement d'une autre personne que nous-même. À appeler ça de l'amour inconditionnel...* »

C'est donc pour ça que les enfants de la ruelle me dérangent autant; ils me font penser aux hommes. Comme eux, ils bousculent tout sur leur passage, communiquent avec des maladresses ou des élans de colère, s'entassent dans ma ruelle comme dans mon téléphone sans jamais faire attention à ma présence, écorchent mon cœur autant que l'écorce des vieux érables, et leurs silences sont toujours le plus mauvais des présages.

Je ne tolère pas les enfants comme je comprends mal les hommes. Et en même temps, j'ai l'impression que je ne pourrais pas me passer d'eux.

J'ai 26 ans et je suis déchirée. J'ai envie d'être seule, mais j'ai aussi envie qu'on m'aime. Et en ce moment, je ne m'aime pas assez pour être capable de combler moi-même ce manque d'attention. J'ai hâte au jour où je vais tellement me triper dessus que je serai capable de profiter de la chance que j'ai d'être libre. Libre comme ça : les cheveux dans le vent, à califourchon sur mon balai volant, survolant le Plateau Est par un soir d'été pas trop chaud, du vin rouge dans un Thermos, des étoiles pour me guider vers la ruelle de la romance éphémère, armée de mon iPhone 1000 capable de filtrer les textos des garçons trop paresseux pour mériter une place dans mon cœur.

J’ai envie d’être s e u l e

mais j'ai aussi envie qu'on m'aime.

TOUJOURS EN VOYAGE

L'été continue. Il s'embellit de jour en jour. Et moi aussi (je trouve). Je vais bien ! La ruelle est à son apogée, il y a beaucoup de vert et de blanc, un peu de jaune aussi. C'est un joli mélange qui donne envie de jardiner sans botcher, de faire l'amour dehors, de devenir l'amie des chats errants, de sourire à la voisine, de jaser shopping avec la factrice, de bronzer sur le nez, de picoler en après-midi, de respirer mieux parce que tout est beau et parfumé autour. J'énumère quelques résolutions à honorer d'ici la fin de la saison des frivolités :

1. Me trouver cool toute nue.
2. Être plus fine en général.
3. Recommencer à écrire avec un pousse-mine.
4. Vivre quelque chose de grandiose (toutes catégories confondues).

Le mois de juillet est fatigué. Je demande à la vie de me chambouler, et elle me fait une fleur. Les fesses dans le gazon piquant du parc Laurier, entourée de mes copines de bureau, je sirote du vouvray tiède dans un verre de plastique rouge comme ceux dans les films qui se passent à l'université. J'ai séché mes cheveux avec le vent comme quand j'étais adolescente et je déborde de joie légère à l'idée de passer la soirée à déambuler dans la ville chaude entre jeunes femmes en manque de baisers, de tendresse et de confiance en elles. J'ai fait mes boîtes, rangé mon petit bureau, remis mon ordinateur au technicien qui a un œil bleu, un œil brun, puis jeté tout ce que j'ai pu accumuler durant ces deux années à faire semblant de servir à quelque chose. On fête ma dernière journée à l'agence. Je ne sais même pas si mes collègues sont tristes ou contentes que je m'en aille. On est saoules, nos sentiments sincères sont dilués, on fuit le vrai pour profiter de ce soir d'été sans trop angoisser.

Je me délecte d'un hot-dog. Ketchup-moutarde. C'est mon repas préféré et ça enjolive ma soirée.

En marchant jusqu'à la poubelle pour jeter le petit bout de pain sans saucisse que je ne mange jamais, je croise un ancien amant sur une couverture colorée au travail de broderie impressionnant. C'est sûrement un souvenir de voyage au Pérou, et c'est joli quoique gossant pour une raison bien évidente : cet ancien amant me gosse en général. Tout le temps trop bien habillé, les petits bas qui matchent avec la tuque, les tatouages ironiques partout sur sa peau maganée, la mauvaise habitude de consulter son cellulaire quand je parle avec mon cœur, ou de me parler de son vélo la bouche pleine de Miss Vickie's quand j'aurais préféré qu'il ait l'initiative de me faire un cunni. Des affaires comme ça.

Il partage une molle à la vanille avec une fille que je connais de vue et de jalousie. J'ai toujours trouvé qu'elle me ressemblait, mais en beaucoup mieux sur tous les points. Ils ont l'air de s'aimer depuis peu, donc beaucoup, et de se trouver drôles et beaux à la fois. Mon cœur se serre et j'en oublie qu'il m'a toujours gossée. Je me demande plutôt pourquoi ce n'est pas moi qui donne des coups de langue sur la même collation glacée que lui, pourquoi ce n'est pas à moi qu'il raconte son trek au Pérou, pourquoi cette soirée d'été ne nous appartient pas à nous deux. Je ressens le rejet à retardement, comme une lettre perdue dans la malle qui retrouve son chemin alors qu'on ne l'attend plus. C'est un gros sentiment désagréable, irrationnel, je me trouve égoïste et ça m'écœure. Mon hot-dog passe moins bien que supposé alors que je me mets à me trouver laide et conne et trop grande et pas assez toute dans les yeux d'un amant qui me gosse pour une nouvelle raison. Plus piquante cette fois-ci, moins anodine.

Je veux seulement les hommes quand ils ne veulent plus de moi. Ça fait mal et c'est gênant, mais c'est comme ça que je me sens.

Le petit vent fatigant de début de soirée se lève dans le parc, alors on bouge à la Buvette à quelques coins de rue. Les planchers y sont collants et les vins, nature. C'est un refuge de petites magies nocturnes et de contradictions. J'ai souvent parlé de cet endroit dans mon journal intime, pour les regards qui s'y volent, les danses lascives sur le chemin des toilettes, les baisers entre chums de filles et les bols de frites qui se déposent sur les tables comme des surprises bienveillantes un peu avant 3 h du matin. Je commande du vin orange pour les filles et moi, même si on vient de chialer sur cette couleur de vin durant notre marche jusqu'au bar. Je l'ai dit; c'est un endroit de contradictions, où on change d'idée et où on fait parfois de mauvais choix.

Mon amie Fred a le diable au corps, les lèvres en feu bouillant, elle a envie qu'on l'aime, pour ses seins qui se tiennent, mais surtout pour son beau cœur loyal. Mais c'est compliqué, parce que les hommes de notre âge nous sous-estiment solide. On s'installe toutes les deux au

Je veux seulement
les hommes

quand ils ne veulent
plus de moi.

bar, en retrait des autres, pour se mettre à jour sur la fragilité de nos sentiments amoureux et de nos déceptions du jour. Je m'attends à ce qu'elle chigne sur un collègue qui la *mansplaine* à tout vent ou sur sa fréquentation qui fait trop de fautes d'orthographe, mais elle me prend la main et me confie plutôt qu'elle a hâte d'être une maman, qu'elle le sent dans le bas de son ventre trop souvent, trop violemment pour l'ignorer. Je la serre fort, mais je ne la comprends pas. Je suis incapable de l'accueillir, je la juge même, de penser à quelque chose d'aussi sérieux quand on s'est promis de s'amuser avec des histoires d'été, d'amour et de liberté, du moins pour la soirée. Je me sens au-dessus de ça. J'ai compris, moi, que les enfants détruisent tout, à commencer par la romance.

Le visage dans ses mèches à 300 dollars, je hume son parfum et je l'enregistre dans ma banque d'odeurs d'amies. Elle, c'est bonbon doux et muguet généreux. Quand je lève les yeux, j'aperçois Paul à l'extrémité du long bar collant, cet homme presque vieux comme mon père, mais aussi beau que Jon Hamm quand il se rase à la pioche. Il est quelqu'un d'important dans la compagnie que je viens de quitter poliment, c'est le gentil dans le *boys club*, c'est celui qui se tient droit, qui a l'air d'aimer sa femme, qui ne tache jamais ses chemises blanches. Des Acne Studios. Toujours neuves, jamais fripées, juste assez oversized pour cacher sa minuscule bedaine de presque monsieur qui aime boire du vin la semaine. Souvent, je pense à lui le soir et je me fais des scénarios qu'on fait l'amour dans son bureau même si je ne lui ai encore jamais adressé la parole. C'est un peu une vedette de cinéma dans ma vie ordinaire. C'est lui, ma sortie de secours de cette conversation qui me donne mal au ventre. Fred veut être mère, moi je veux l'attention de l'homme impossible.

J'offre mon plus beau sourire à Paul, je bois une gorgée de vin orange, je grimace, ça le fait rire, je détourne le regard pour le faire languir, il revient à sa conversation de bitcoins (sûrement, je n'entends que la musique). Je recommence, j'attends qu'il me revienne, je lui souris encore, je bois la dernière gorgée de mon vin dégueulasse, je plaque un bec sur la joue de Fred et je me lève de mon banc, prête à lui faire comprendre que mes sourires veulent dire oui. Je fais quelques pas vers lui, il me fait signe d'aller dehors, je le suis. On ne se parle pas, on attend que les conversations des fumeurs s'estompent derrière nous, on tourne le coin pour se cacher dans la ruelle.

Je m'adosse contre le mur, je prends ses grandes mains fortes et bientôt fripées, je les fais glisser sous ma camisole. Ses doigts froids empoignent mes seins-surprises, on s'embrasse. C'est interdit et c'est pour ça qu'on le fait. Je préfère frencher un homme marié que de penser à la maternité. Celle de Fred, mais la mienne surtout. Sujet qui m'ennuie pour mourir.

J'ai toujours eu le pif pour les hommes qui ont le potentiel de me faire tomber en amour avec eux. Et Paul a ce pouvoir-là. Surtout qu'il est inaccessible. C'est une recette assez puissante pour que je me laisse tomber dans ses bras. C'est intense, mais c'est aussi très solitaire, et c'est exactement ce dont j'ai besoin.

Depuis ce soir d'été parfumé aux bonbons doux, aux muguets généreux, aux hot-dogs et au vin de la couleur du soleil, je voyage souvent. Entre ici, New York et Los Angeles. Je vole vers Paul à travers toutes sortes de météos. Des ciels bleus de canicule accablante comme des tempêtes de neige assez violentes pour annuler des vols et prolonger nos séjours interdits.

Mon quotidien est brodé autour de nos rencontres mensuelles, je vis pour l'anticipation qui précède nos soirées, pour le temps suspendu quand il est enfin devant moi en chair et en os et pour la nostalgie qui s'empare de moi quand il me quitte pour revenir à sa vraie vie à lui. Je ne sais même pas si je le connais vraiment ni s'il sait qui je suis profondément, mais l'histoire qu'on se raconte est tellement enivrante que ça me suffit pour l'instant. Je suis engourdie dans le meilleur sens du terme, mon cœur bat la chamade et je suis seule la plupart du temps. C'est parfait.

Un soir d'hiver, dans un hôtel-boutique de SoHo, je l'attends allongée sur le lit blanc comme un ange sur un nuage. Il est en retard de 17 minutes et ça me tue, je l'imagine boire du chianti dans des petits verres pas de pied avec des collègues qui parlent anglais. Je suis jalouse du temps qu'ils ont avec lui. Je l'attends devant mon ordinateur portable et je fais semblant de travailler sur quelque chose d'important quand vraiment, je ne fais que penser à lui en me brûlant les rétines. Je pense à tout ce que j'aime de lui : ses cheveux, de plus en plus gris, peignés sur le côté, épais. Son ventre chaud. Son sourire de quand il a bu trop de vin rouge avec moi. Sa trousse de petits produits d'homme toujours bien rangée près de l'évier. Son cou qui sent très cher (bois de cèdre de Virginie, vétiver d'Haïti, musc). Son français qui casse quand il a sa journée dans le corps. Sa passion pour les Uber Select et les huîtres et les photos de Helmut Newton. Ses fautes d'orthographe. Ses poignets. Son pénis. Son horaire de premier ministre. Son inaccessibilité. J'ai même un peu d'affection pour son jonc.

Ce soir, je vais lui dire que je l'aime.

Et je serai chamboulée-chavirée peu importe ce qu'il choisit de ressentir. Toutes ses réponses seront bonnes. De toute façon, ce sont mes sentiments à moi qui sont rois dans cette histoire, pas les siens. J'ai assez d'amour pour nous deux, un amour qui me fait sentir puissante, aux commandes. Je ne fais jamais de compromis; j'ai ma vie en velours, il a la sienne, on se sauve du quotidien pour se rejoindre entre les deux, on s'offre de la frivolité, des promesses qu'on ne tiendra jamais. Comme aller à Paris, rencontrer son enfant, faire l'amour dans son bureau, écrire un film à quatre mains, se promener en moto au risque de se faire reconnaître, être ensemble dans le secret pour toujours.

J'ai choisi de faire jouer *(There Is) No Greater Love* d'Amy Winehouse en l'attendant. J'ai le temps de réfléchir à nous, à ce qu'il y a là, dans cet espace interdit où tout est permis, finalement. Depuis quelques semaines, on ne se protège plus quand on fait l'amour. Il me fait confiance, il me croit quand je lui répète que je ne veux pas d'enfant, que je n'en voudrai jamais, que notre sexualité sert au plaisir et aux sentiments fous seulement. Il sait que je prends la pilule, que je suis à mon affaire, que je n'en manque pas une, que je suis une femme qui suit la plupart des règles (une première de classe niveau utérus aussi, oui oui). C'est ce qui scelle notre lien : ma conviction de ne jamais vouloir être enceinte. Jamais. Il n'y a pas de danger que je change d'idée, que je le mette devant le fait accompli, que je détruise sa vie. Son autre vie. Sa vie principale. La plus importante des deux.

Il me parle de ses amis, de leurs histoires secrètes à eux. Elles se sont toutes terminées en tempêtes, en familles éclatées, en scandales de quartier, en avortements tragiques. Mais nous, on est chanceux, on s'est trouvés, on est plus forts que tous ces mauvais téléromans. On a la meilleure recette : du désir, du vin, des escapades, des conversations. Et comme seul frein à notre longévité, la possibilité que je me lasse de lui, que mon envie de tenir la main d'un homme en public devienne plus forte que celle de tenir la sienne en cachette.

À quelques reprises, je le pousse à réfléchir à ce qui nous arriverait si je tombais enceinte, par accident évidemment. Il demeure confiant, il en déduit d'emblée que je voudrais me faire avorter, et il a raison. Mais ce que je veux savoir, à travers cette discussion et mes questions, c'est s'il m'accompagnera, s'il me tiendra la main, s'il sera là, près de moi, dans tout ça. Alors il me dit qu'il ne sera jamais bien loin, prudent toujours, mais présent. Avec une distance. C'est flou, mais ça me convient. C'est difficile pour moi de me projeter dans une telle situation, et je suis pleine de contradictions; j'aimerais qu'il planifie de me tenir la main, de prendre soin de mon corps, de mon cœur, mais j'aimerais aussi qu'il me laisse vivre mon avortement imaginaire avec une amie, ma sœur ou ma mère, quelqu'un qui me connaît vraiment. D'autres fois, je vais jusqu'à souhaiter qu'il prenne quelques secondes pour m'imaginer mère et que ça le fasse sourire.

Je prends donc sa réponse comme elle vient, sans réelle volonté qu'il précise sa pensée, avec le sentiment qu'on est invincibles et qu'on n'aura jamais à se rendre jusque-là.

À la 25e minute de retard, j'entends la poignée s'activer, la lourde porte s'ouvrir, sa voix qui s'excuse, son odeur fatiguée, son reflet imposant dans le miroir plein pied, la buée dans ses lunettes, les flocons dans ses cheveux. Je me lève de mon nuage juste à temps pour qu'Amy Winehouse chante « *There is no greater thrill. Than what you bring to me* », alors que je m'abandonne contre sa poitrine.

Ce soir, je vais lui dire que je l'aime.

Il s'allonge sur le lit king drapé de blanc, je le rejoins pour partager du rosé en regardant les flocons tomber sur la 29e. Sa chemise blanche contre le coussin à fines rayures dorées me donne envie de le prendre en photo ou d'écrire un film sur sa beauté. Mais pour l'instant, j'ai une confession d'amour à lui faire.

— Je t'aime, Paul.
— Oh, ah, oui. C'est beau ce que tu me dis.
— C'est correct de pas dire « moi aussi », je comprends.
— Oui, merci de comprendre. T'es belle.
— Merci.
— J'ai envie de toi.
— OK.

Paul est incapable de me dire qu'il m'aime, mais je sais qu'il le ressent, je le vois dans l'humidité de ses yeux, dans sa nervosité, dans les muscles crispés de son visage, dans sa façon de me faire l'amour. C'est plus *rough* que d'habitude, je pense qu'il culpabilise de se rendre compte qu'il est amoureux de moi, alors pour compenser, il me touche avec une distance. Je ne lui en veux pas, mais je le trouve lâche. Tout le long, moi je lui dis « je t'aime » dans ma tête, et je prends toutes ses caresses pour de petits « moi aussi » sincères.

C'est mieux qu'un vrai rejet.

Puisque Paul n'a pas le courage de me dire qu'il est amoureux de moi, j'ai besoin d'attention.

Le printemps se fait attendre, il fait froid-mouillé, les amies sont parties en vacances de couple dans des tout inclus et mes week-ends à moi ressemblent à de simples moments d'attente. J'attends que quelque chose se passe, j'attends qu'on me fasse des déclarations qui viendront combler le trou en forme de cœur que Paul a creusé dans ma poitrine.

Je rencontre un chanteur; look de jeune premier avec une voix plus grave que supposé, des textes de chansons sur les voyages et les filles qu'il a fait chier, un rire franc, des yeux noirs, une pomme d'Adam saillante, trois poils sur le chest et des mains intéressantes. Quand Paul est trop occupé, j'appelle Gabriel. Il débarque chez moi avec un sourire, la tête pleine et les mains vides, on fait l'amour sans s'embrasser sur la bouche et on s'échange des livres qu'on ne lira jamais. On cuisine sans recette, souvent c'est de la pâte à pizza maison en pleine nuit, on regarde les arbres en mangeant des champignons magiques, je pleure parce que le petit millepertuis dans ma ruelle a l'air triste d'exister.

— Penses-tu qu'il le sait, qu'il est triste?
— Sûrement qu'il est résilient. Plus que nous, même.
— Penses-tu qu'il va s'en remettre, de sa tristesse?
— Sûrement plus vite qu'on le pense, oui.
— J'ai hâte d'arrêter de m'en faire pour lui.
— C'est beau dans tes yeux quand tu penses au petit millepertuis.

Il me parle de son grand amour qui porte le nom d'une plante carnivore, de leurs querelles comme de tout ce qui fait d'eux des âmes sœurs. On rit beaucoup, on parle beaucoup, j'aime penser que je suis une bouffée d'air frais ou de vérité dans une période de sa vie où les femmes s'alignent dans son lit sans qu'il prenne le temps de les flatter du bon bord. J'essaie d'être pour lui ce qu'il est pour moi : un deuxième choix sain, une présence tendre et réelle qui donne envie de croire que la romance peut être plurielle, surtout quand elle est imparfaite. Son arrivée dans ma vie prouve que certaines idylles peuvent être éphémères, sans être douloureuses ou compliquées. Pendant deux mois, il vient me visiter chez moi, il m'invite chez lui, je découvre qu'il collectionne les petits savons d'hôtel emballés dans du papier ciré, je trouve ça charmant jusqu'à ce que je me risque à ouvrir tous ses tiroirs et que je les trouve par centaines partout dans son appartement. Il fume beaucoup de cannabis, et il rit de moi en me traitant de madame parce que j'appelle ça du « cannabis ». J'en prends une puff et je pleure toute la nuit, alors pour se faire pardonner, il m'invite à bruncher à l'Express où on se raconte nos vies, les deux mains dans les jarres à pickles.

Puis, quand je vole vers Los Angeles ou New York, je range Gabriel dans un recoin de ma tête, là où j'emmagasine les raisons de tout arrêter avec Paul. Cet endroit que je ne visite jamais, cet endroit qui me fait un peu peur, cet endroit qui est trop plein de vérité pour que j'aie envie de m'y aventurer.

J'ai tout juste 27 ans, je suis accoudée au bar de la piscine du Mondrian, dans un décor ostentatoire qui me donne l'impression d'être très riche. J'écris sur mon ordinateur portable, je m'imagine que les gens sont intrigués par ce que je rédige. Je porte une chemise lilas et je bois du rosé. Je ne voudrais pas être ailleurs qu'ici.

J'aime Los Angeles même si tout le monde déteste Los Angeles. J'aime Los Angeles parce qu'ici, je peux aimer Paul en paix. Je peux l'embrasser à l'air libre, sous le soleil tellement chaud que ça fait peur autant que sous un ciel étoilé comme dans les films qui parlent d'amour et de danse et de rêves (*La La Land* et rien d'autre). Je peux l'embrasser au restaurant, entre deux plats ou deux bouteilles de gamay ou deux desserts même si on n'a pas vraiment la dent sucrée. Je peux l'embrasser à l'hôtel, parfois c'est le Mondrian comme en ce moment, d'autres fois c'est le Roosevelt ou le Line dans Koreatown quand on *feele* pour un séjour plus explosif entre les gratte-ciel. Je peux prendre sa main pour traverser la rue, souvent c'est Sunset Boulevard, m'arrêter à chaque dix pas pour regarder autour et faire le chemin jusque dans ses yeux, lui donner des becs partout du menton jusqu'au front, et garder ses lèvres pour plus tard. Je peux faire semblant d'être son amoureuse tout entière. Je peux partager un spaghetti au Château Marmont et en faire une activité sexuelle. Faire croire aux gens – aux serveurs, aux vendeurs, aux passants, aux chauffeurs d'Uber Select – qu'on est ensemble, entièrement, sans demi-mesure. Et c'est un beau sentiment.

Dans ces moments-là, j'ai envie que l'entièreté dure. Que notre romance ne pâlisse pas durant notre vol de six heures vers la vraie vie. Qu'une fois les pieds sur terre, on aille directement manger des moules-frites au Leméac, avec un ballon de blanc même s'il n'est pas midi, qu'on pose ensuite nos valises chez lui au pied de son lit, qu'on fasse l'amour encore sales de notre voyage, qu'on se lave ensemble avec son savon au bois de oud, qu'on boive un café même si c'est déjà l'heure de l'apéro. Qu'on vive notre vie à l'envers parce qu'on l'aurait choisi. Qu'on existe ensemble dans cette forme étrange qui nous ressemble parce qu'on l'aurait choisi.

Mais il a une femme et un enfant et une maison que je n'ai vue que dans mes fantasmes. J'imagine qu'elle est vaste, imparfaite, solide, échevelée et élégante à la fois. Comme lui. Sombre et secrète par endroits. Comme lui aussi. J'imagine qu'elle a un grenier qui pourrait ressembler à la pointe de son cœur. C'est là que je me cache. De là, je peux entendre les planchers craquer sous le poids de sa famille qui existe sans se douter que je l'espionne, envieuse, mais pas jalouse, amoureuse, mais pas désillusionnée. De toute façon, je ne suis pas chez moi ici.

Cette envie d'être avec lui dans le réel ne dure jamais bien longtemps. Pour regagner ma lucidité, je cherche souvent le visage de sa femme dans la rue, au restaurant, sur Internet. Parfois, je tombe sur une photo d'elle en épiant l'Instagram de Paul. Il y en a une en particulier qui me fait mal au ventre. Ils sont en vacances. Tout est bleu et blanc, le vent chaud a l'air de bien la traiter. Il l'a photographiée avec sa vieille Minolta, celle avec laquelle il m'a prise en photo toute nue dans une chambre de L'Ermitage. Parfois, je me réveille en sursaut en plein milieu de la nuit parce que j'ai peur qu'un jour on se retrouve sur la même pellicule. Sa photo me coupe le souffle. Sûrement qu'ils revenaient de la plage les pieds pleins de sable, la peau brûlante et les épaules huileuses de crème solaire. Sûrement aussi qu'ils étaient excités par leur plan de soirée : un long apéro et des fruits de mer dans un petit restaurant aux volets turquoise. Sûrement qu'ils allaient tout manger avec leurs mains et que l'envie de faire l'amour les surprendrait avant la dernière goutte de leur bouteille de barolo. C'est l'effet du léchage de doigts en vacances.

Elle sourit sur la photo, ce n'est pas placé, c'est spontané. On dirait qu'elle est trop fatiguée d'avoir rien fait de la journée pour se laisser éclater de rire. C'est un état qui a l'air sain, je l'envie. J'imagine qu'il lui a lancé une niaiserie que seuls eux peuvent comprendre juste avant d'appuyer sur le déclencheur. Un *inside* de 20 ans de mariage, quelque chose de dur à battre. Quand je m'imagine être en vacances avec lui, j'ai ce sourire-là moi aussi. Je le lui vole et je trouve vraiment que c'est un crime.

J'essaie d'éviter de penser au-delà de l'image que je me suis inventée d'elle. J'essaie de ne pas penser qu'en plus de sa présence sur les photos, elle est la première amante de Paul, qu'elle est la mère de son enfant, qu'elle est son amie aussi, sa confidente sûrement, celle qui le connaît pour vrai de vrai. Elle l'a sûrement déjà vu pleurer, douter, angoisser, souffrir. Elle l'a vu bercer son bébé, se réveiller en pleine nuit, se fâcher après lui, l'aimer de tout son cœur, surtout. J'essaie de ne pas trop penser à tout ça, parce que dans ce paysage, je n'existe pas. Ou si j'existe, je suis là pour tout gâcher.

Je la cherche partout, je la dévisage sur l'écran de mon cellulaire et dans ma tête pour me rappeler qu'elle est bien réelle. Et c'est important qu'elle soit réelle, puisque sans elle, l'amour qu'il y a entre Paul et moi, autant que la douleur qui vient avec, est possible. Et je sais que ce n'est pas ce qui me rendrait heureuse. Je perdrais ce que j'ai de plus précieux : ma belle solitude, mes ambitions différentes, ma liberté ou la simple possibilité de n'exister que pour moi. Rien que pour moi.

Je fais énormément l'amour avec Paul. Souvent, partout, de plusieurs façons, dans toutes sortes d'états d'âme, que je sois heureuse, exaltée, triste, saoule ou fatiguée. J'ai l'impression d'être constamment désirée, d'être l'objet de ses fantasmes à toute heure de la journée, que je sois tout près de lui ou à des centaines de kilomètres. Je n'ai jamais autant fait l'amour, et en même temps, je n'ai jamais été aussi engourdie. Du corps, de l'épiderme, du sexe. C'est comme si la jouissance n'était pas physique, et qu'elle était plutôt le résultat d'un sentiment amoureux intense ou d'une volonté de plaire étourdissante. C'est l'éphémère et l'interdit, probablement. Durant cette aventure, j'en oublie mes précieuses résolutions, mes importantes rébellions sexuelles.

Je recommence à quitter mon corps. À m'oublier complètement, au nom de son plaisir, de son confort, de son énergie à lui. Et ça me surprend, puisque dans la vie courante, hors du lit, je suis plutôt égoïste comme personne, je sais me prioriser quand il le faut, je pense souvent à moi, à mon plaisir, à mon confort, à mon énergie. Mais au contact d'un homme nu qui a le don de me faire sentir importante, je me transforme et j'oublie que j'ai un clitoris qui attend impatiemment qu'on le flatte avec aplomb et délicatesse. Et je comprends peu à peu que ce comportement se transpose ailleurs que sous les draps. Je me transforme, me plie, me rapetisse pour valser au rythme de sa vie d'homme occupé à la libido dans le tapis. C'est le doux début de la désillusion.

Je deviens nostalgique de la femme que j'étais il y a si peu de temps, de la sorcière qui sillonnait le ciel de son quartier en quête de bon vin, de vérité, de belles conversations et d'échanges de salive gourmands. Tout ça dans sa vérité à elle.

Je me déçois encore. Je suis dure avec moi peut-être, mais en même temps, je veux vivre une vie authentique et spectaculaire et décomplexée. Depuis que j'ai rencontré Paul, je suis habitée tellement fort par cet engourdissement que ça me pousse à réfléchir à ma manière d'honorer les souhaits que je fais pour ma vie de femme. Je constate que dès que je suis en relation avec un homme, je me ramollis, j'en laisse (trop) passer. Plus souvent qu'autrement, au contact d'un homme que j'aime, je me liquéfie, je me pâlis, j'adoucis mes rébellions jusqu'à les mettre de côté complètement. Ce n'est pas moi la sorcière, c'est eux les maîtres de la magie noire qui me font oublier mes résolutions féministes, mes aspirations de guerrière. J'aurais plutôt envie qu'on me dessine des nuages du bout des doigts dans le dos, mais je cède à la sexualité, je jouis vite en étant peu sincère, juste pour m'en débarrasser et m'éviter toute culpabilité. J'accepte les retards, les silences, les impolitesses, les moments d'égarement, les promesses brisées,

Mais au contact
d'un homme nu
qui a le don
de me faire sentir
importante,

je me transforme
et j'oublie que
j'ai un clitoris
qui attend
impatiemment

qu'on le flatte
avec aplomb
et délicatesse.

les petits mensonges. Je ressens la même déception, la même frustration qu'à l'habitude, mais je me tais. Et je déteste me taire, ça ne me ressemble pas. Pourquoi suis-je incapable d'honorer mes ambitions quand je suis amoureuse ? Des ambitions qui sont bonnes pour moi, qui sont saines pour moi, qui me feraient avancer, vite et en ligne droite, à part de ça ?

Je deviens la femme que je voudrais être seulement quand je suis seule, quand j'ai beaucoup de temps devant moi, autour de moi, quand je n'ai pas à plaire à personne d'autre qu'à moi. Seule comme ça, je veux tout casser, défaire des patterns et des mauvais réflexes, je veux convaincre mes amies de me suivre dans mes rébellions, qu'ensemble on change nos dynamiques avec nos amoureux, qu'on réinvente notre quotidien romantique pour qu'il soit plus juste, que notre sexualité nous ressemble davantage.

J'aimerais être cette femme-là tout le temps. Ne jamais la quitter. La garder près de moi peu importe à quel rythme mon cœur bat.

Avec Paul, je vis quelques-uns des plus grands moments de ma vingtaine. Grands, mais aussi jouissifs, extraordinaires, rares, presque surréalistes, parfois artificiels aussi, mais c'est ce qui fait leur charme. Je vis la vie que j'ai tant enviée dans les fictions de mon adolescence, dans les comédies romantiques comme dans la chick-lit. Je suce des escargots au Petit Trois, je bois des martinis dans un cabaret secret sous des danseuses burlesques suspendues au plafond et je fais l'amour dans des ascenseurs d'hôtel. Je porte de la lingerie sous mes vêtements, je m'achète des robes que je ne porterai qu'une fois, je peinture mes lèvres avec du rouge qui ne tache pas, je m'asperge de parfums qui me ressemblent peu, qui me vieillissent, qui me changent, qui me permettent de vivre ces moments faux et spectaculaires avec le cœur grand ouvert. Je me dis « profite », je me dis « carpe diem », je me dis « yolo », je me dis toutes ces choses qui me donnent l'impression d'être une bonne personne, une chanceuse, une héroïne de série que tout le monde envie pour son histoire d'amour clandestine, les cachettes dans son cœur et les papillons dans son ventre.

À Los Angeles, je suis une femme anonyme à la peau brûlée de manière très inégale, à New York, je suis un fantôme qui magasine dans SoHo excitée à l'idée d'être aimée, à Montréal je suis une autrice qui attend son amant pour qu'il la transforme en personnage de ses propres romans. J'aime ça et j'aime pas ça en même temps, ça vient jouer dans mes contradictions, dans mes valeurs féministes, dans tout ce que je connais de l'amour, dans tout ce que je suis, finalement.

J'ai 27 ans. Et demi. J'ai l'impression que ma vie n'est qu'une suite de courts séjours sous le soleil, à attendre après lui. Je me sens un peu comme Annie Ernaux dans *Passion simple*, surtout quand elle écrit :

> « *J'aurais voulu n'avoir rien d'autre à faire que de l'attendre.* »

Je trouve ça pathétique et romantique à la fois.

Je passe aussi beaucoup trop de temps à me déplacer. Et je déteste me déplacer, peu importe la raison. Je déteste les transitions. Je voudrais passer du point A au point B sans jamais avoir à faire de chemin, n'avoir qu'à claquer des doigts pour bouger. C'est mon anxiété, je le sais.

Durant ces transitions, j'ai trop de temps pour penser, pour avoir peur, pour douter, pour repasser ma vie en boucle. Il y a trop d'espace, de silence, de temps, de vide et d'imprévus. Je déteste aussi les imprévus, je préfère tout planifier d'avance; ce soir, en arrivant chez moi, je vais stationner mon auto du bon côté pour m'éviter de la déplacer sur le gros nerf demain matin, je vais manger une petite pâte avec le pesto de ma mère (je suis pas mal certaine qu'il en reste assez), je vais regarder un épisode de *The Real Housewives of Beverly Hills* dans mon lit, je vais écrire dans mon journal intime, je vais appeler ma sœur, puis dodo, demain je vais me lever à 8 h parce que je me sens un peu fatiguée, je vais manger un bol de céréales, je vais répondre au dernier courriel de mon agente, je vais écouter Ici Première, mais pas longtemps, je vais aller faire l'épicerie au nouveau IGA avec le parking sous-terrain, avant ça je vais aller mettre de l'essence et je vais texter mon père pour lui dire que je l'aime, et en soirée je vais aller à la Buvette, je vais porter un t-shirt blanc et des jeans, peut-être des talons, mais ça dépend si j'y vais à pied ou en char, je vais boire du rouge et manger un quart de poulet avec un acra, peut-être deux.

Quand je suis en voyage et que Paul travaille, je ne quitte pas l'hôtel même si la vie nouvelle m'attend de l'autre côté du lobby scintillant. Je commande du service aux chambres, souvent c'est un bol de frites et du vin. Je zieute le menu des restaurants sur Internet. Je magasine en ligne. Je me rends à la piscine en longeant les murs. C'est mon anxiété, je le sais. Mais c'est aussi la culpabilité. La peur que la police de la vie devine, dans mes yeux, mes gestes, mes vêtements, ma démarche, mon sourire, que je ne suis pas censée être là. J'ai tout le temps peur que des inconnus m'arrêtent dans la rue pour me chicaner d'être une maîtresse.

Cette fois-ci, à Los Angeles, le soleil brille tellement fort qu'il me fait mal. Il ne me fait plus l'effet d'une caresse, je ne m'excite plus à l'idée d'un hâle potentiel sur ma rousseur capricieuse. J'ai l'impression que ses rayons me transpercent la peau, qu'ils calcinent mes os jusqu'au cancer. Allongée sur ma chaise coussinée, enduite de 60, épuisée par ma séance de selfies peu concluante, et cognée par le rosé, je remarque que mon ventre est rebondi sous le tissu de mon maillot de bain une pièce. Je glisse mes doigts jusqu'à mon nombril et je sens mon cœur battre dans mes ovaires. Ils dansent ou ils travaillent, un des deux. Depuis que je prends la pilule en continu et que je n'ai plus mes règles, je ne sens jamais mon corps changer; je suis engourdie, au neutre. Souvent, quand je me rends compte qu'être menstruée ne fait plus partie de qui je suis depuis des années, j'ai peur de passer à côté de quelque chose, de ne pas vivre ma vraie vie. Alors cette nouvelle courbe dans mon ventre et ce pouls étrange sous mes doigts me chamboulent. On dirait des retrouvailles. Ça n'arrive que très rarement; une fois par année tout au plus, mon corps résiste à la contraception, il m'offre une journée de saignements comme un cadeau, un rappel. C'est peut-être sa façon de me garder connectée à lui. Les petites culottes tachées me rappellent que ma peau et mes os abritent une usine abandonnée.

Ce soir-là, c'est la première fois depuis le début de nous, il y a un an et demi, qu'il ne veut pas faire l'amour. Il ne veut pas faire l'amour parce que je suis menstruée, parce que c'est pas son truc, parce que c'est salaud, pas simple, pas pareil. Ce soir-là, c'est la première fois depuis le début de nous qu'il me déçoit. Mais je ne devrais pas être si surprise; Paul est un homme qui trompe sa femme, qui ment, qui ne ressent pas de culpabilité, qui carbure à son plaisir à lui, à sa liberté à lui, au risque de briser ceux qu'il aime le plus profondément. Avant cette trahison face à mon corps à moi, face à ma force féminine, à mon sang qui n'a rien de sale (crisse!), je le voyais comme un homme frivole, hyperactif, gourmand, créatif, incompris, qui comble son envie de vivre plus fort que tout le monde avec une jeunesse comme moi. Rien de dramatique, presque tout de sexy. Je voyais sa peau fripée et son sexe facilement fatigué comme de la sagesse, ses retards comme la preuve qu'il fait des pieds et des mains pour me voir malgré son autre vie, ses silences comme des repos mérités, ses excès comme des célébrations ou comme le signe que ma présence à ses côtés est synonyme de fête. Mais depuis, je le vois comme il est réellement : déconnecté de la beauté du monde.

Pour me consoler, retrouver un peu de douceur, je m'enferme dans la salle de bain, et j'ai froid parce que les murs et le plancher sont en marbre et que les soirées sont fraîches et un peu cruelles à Los Angeles. Je barre la porte, j'écarte mes jambes, j'insère mon index et mon pouce dans mon vagin, je tire sur ma coupe menstruelle à moitié pleine et je fais glisser lentement mon sang dans la cuvette.

Je suis émue devant autant de rouge; on dirait du velours, on dirait de la force, on dirait de la grâce, on dirait la vraie vie.

J'aurai 28 ans dans un mois. C'est le dernier hiver de notre histoire d'amour.

À New York, mon vol vers Montréal a été annulé, le valet du Carlyle dit que c'est la tempête du siècle et je trouve qu'il exagère. On est en février, le mois où chaque année, je crains que la météo me tue. J'ai froid, tout le temps, aux os, à la peau, au bout du nez, aux cheveux, aux fesses du cœur. Paul a réorganisé mon retour, j'ai dû prolonger mon séjour d'une nuit dans notre chambre d'hôtel qui sent cher (musc blanc, lilas, chouïa de vanille). La pièce en coin, au 16e étage, est vitrée du plancher au plafond, et l'ambiance y est vertigineuse. J'ai l'impression que je vis, que je dors, que je fais l'amour au bord d'un précipice.

Mon arrivée à Montréal sera plus chaotique que je ne le voudrais.

Je suis émue
devant
autant
de rouge;

on dirait
du velours,

on dirait
de la force,

on dirait
la vraie vie.

Je sais que de l'aéroport, je vais prendre un taxi, que je vais stresser pour le trafic, que je vais me faire chier à jaser de température avec le chauffeur, que je vais vouloir qu'on fasse un arrêt à la pharmacie, qu'il va laisser le compteur allumé, que je vais demander la pilule du lendemain, que la pharmacienne va me poser des questions qui sonnent comme une punition, que je vais culpabiliser même si on est deux là-dedans, que je vais m'en vouloir à moi et pas à lui, que je ne vais jamais lui dire qu'à cause de cette pilule-là, j'ai mal à des endroits étranges, je saigne à des moments étranges et j'ai des idées noires dans ma vie pourtant si douce.

Pourquoi, à presque 28 ans, je constate tout juste que cette routine contraceptive, celle que je suis rigoureusement depuis mes 16 ans dans un climat de presque terreur, a le pouvoir d'avoir ma peau au détour d'un coït frivole? Enfant, j'aurais préféré qu'on me raconte l'histoire de la princesse qui sait comment son corps fonctionne et qui partage la charge mentale de la contraception avec son prince charmant, au lieu de m'étouffer avec l'histoire de la princesse qui se réveille d'un sommeil profond grâce au bec sans consentement d'un prince ordinaire. J'ai l'impression de ne rien savoir, de ne pas me connaître, de m'être laissé flouer par des adultes qui m'ont servi de jolies boîtes d'Alesse sur un plateau d'argent sans me donner d'explications ni de mise en garde. Les 28 petits bonbons turquoise ont donné le ton à ma sexualité. Ce n'est pas le plaisir qui domine, c'est le contrôle et l'ignorance. J'ai l'impression qu'on a voulu m'empêcher de trop réfléchir, m'obliger à voir ma vie sexuelle comme un champ de mines au lieu d'un ciel criblé de feux d'artifice.

J'ai décidé que mon histoire d'amour était finie.

Paul arrive chez moi avec des flocons dans les cheveux. Le genre de flocons comme dans les films de Noël, bleutés, délicats, définis. On dirait des cristaux ou de minuscules couronnes de glace. Ils ont l'air faux. J'aime penser qu'ils ont choisi la crinière de mon amant pour finir leur vie, pour fondre en paix.

Il entre sans cogner comme à son habitude, enlève sa monture tortoise parce qu'elle est embuée et me sourit même s'il me voit tout embrouillée. Je me rends compte que depuis le début de nous, c'est comme ça qu'il me voit, avec ou sans lunettes : tout embrouillée, pas claire, pas comme je suis vraiment. Pour lui, mes contours sont flous, mon visage se fond dans le décor, les lignes de mon corps sont celles de tant d'autres femmes qu'il pourrait désirer aussi, en même temps que moi ou après moi. Je suis quelconque, interchangeable, divertissante, surtout. Je sais qu'il ne m'aime pas pour qui je suis vraiment.

En l'attendant, j'ai relu tous les passages de mon journal intime qui parlent de lui, de notre premier baiser jusqu'à notre dernière escapade new-yorkaise. J'ai ressenti un malaise, comme si le voile doré qui protégeait notre relation spéciale se levait soudainement pour me dévoiler toutes nos faussetés. Je parcours les pages de mes cahiers et je me reconnais si peu. Il y a deux mondes entre ce que j'ai vécu avec lui et ce que j'y raconte. Je vois clair dans mon jeu, j'embellis, je m'emballe pour des riens, je le hisse bien haut sur un piédestal, et moi, tout ce temps-là, je me fais des attentes et j'attends. Je vis enfin dans un monde de lucidité où cette romance n'en est pas une. Je ne suis pas en amour avec lui, mais plutôt avec ce que je peux me raconter, une fois seule devant une page blanche. Pour une autrice, c'est une richesse, pour une amoureuse, c'est une défaite. Je suis les deux, j'y trouve un certain équilibre, rassurant. J'ai perdu la course à l'amour fou, mais j'ai gagné des choses à dire.

On fait tout pour la dernière fois sans qu'il s'en rende compte. On se raconte notre journée, on planifie notre prochain voyage, on se promet d'aller regarder les étoiles au Griffith Observatory, on se dit qu'on se trouve beaux, on s'embrasse sur la bouche et sur les paupières (ma sorte de bec préférée), j'ouvre du gamay, il me dit que c'est délicieux, on se regarde sans rien dire en souriant, je pleure par en dedans. Je n'ai pas le courage de lui dire que je ne l'aime plus, ou plutôt qu'il faut que j'arrête de l'aimer, alors je lui fais l'amour en pensant à tout ce que je vais écrire sur nous.

Trois jours après notre rupture, il m'écrit une dernière lettre (lettre dans le sens de DM Instagram). Elle est en anglais, je ne la traduis pas, c'est plus romantique comme ça :

Sarah,

I didn't tell you everything during our very last conversation. I did not expect it, my heart caved in. I think I wasn't honest enough with you, and now I realize it's too late. And I'm mad at myself. I too am in love with you. But I'm not writing it to you so that you come back to me, on the contrary, I'm writing it to you so that our breakup will be sweeter, happier. You deserve to be on the top step of the podium for the man you love, and I know too well that I will never be able to offer you mine.

It's unfair, but that's how it is.
And I know I have to let you go.
You are so beautiful.

Paul

J'ai lu la lettre une dizaine de fois parce que j'avais les yeux trop pleins de larmes pour tout comprendre. Cette ouverture, cette vulnérabilité, cette lucidité, j'aurais souhaité qu'elles existent dans le présent de notre amour. Mais c'est moins terrifiant pour lui de se présenter tout entier devant moi à travers nos écrans de téléphone, avec la distance qui s'impose entre nous maintenant.

Je tombe souvent sur des hommes qui ont peur, alors que moi je me garroche tête première dans leurs bras, joue contre chest, cœur battant, en me disant qu'au moins, si je me blesse, j'aurai un livre à écrire.

Enfant, j'aurais préféré qu'on me raconte

l'histoire de la princesse

qui sait comment son corps fonctionne et qui partage
la charge mentale de la contraception avec son prince
charmant, au lieu de m'étouffer avec

l'histoire de la princesse

qui se réveille d'un sommeil profond grâce au bec
sans consentement d'un prince ordinaire.

VIOLETTE, JESSIE
ET COMPAGNIE

J'ai 28 ans depuis trois jours. Je goûte encore le vin sur ma langue. Il y a eu des amies, une tarte géante aux bourgots, du spaghetti au homard, du Rihanna dans le tapis (*Diamond* et *Umbrella* surtout), des nombrils à l'air, des mamelons festifs, des talons dans la slush, des discours sur l'amitié et le VHS de *Spice World* en cadeau (merci Kat).

Depuis la fin de mon histoire d'amour, je pleure peu, j'écris beaucoup, et c'est ce que je voulais. Je suis fière de moi, de ce saut dans le vide vers une nouvelle sorte de solitude aux nuances plus sombres que d'habitude. Moins de couleurs pastel qui rappellent mes jolies bobettes en soie, plus de gris comme la brume qui flotte dans mes yeux une fois de temps en temps. Les journées sont plus longues quand on n'a plus le droit de rêver au prochain cunni amoureux, quand notre téléphone n'a plus de bonne raison d'être généreusement chargé, quand nos selfies n'ont plus de destinataire précis, quand les chansons d'amour n'ont plus de visage, quand les effluves de nos parfums n'embaument que nos moments en solo.

C'est long, parfois. Surtout que le printemps est là.

Surtout que mes amies, elles, sont occupées à être aimées, à porter les cotons ouatés de leurs chums et leurs blondes, à défricher leurs jardins amoureux, à magasiner des acres sur Centris et des roches scintillantes pour leurs annulaires. De belles choses qui me font sourire pour elles, mais de belles choses qui ne me concernent pas.

C'est correct. C'est super correct, mais c'est long, parfois.

J'aurais envie qu'on me prenne par les hanches, trois doigts dans la poche de jean, sous le soleil le dimanche, d'échanger des baisers aux arômes de café sur un coin de rue achalandé, de croiser des connaissances et d'avoir quelqu'un à leur présenter. J'ai le cœur à prendre, idéalement avec de grandes mains douces constellées de veines délicates qui dansent sur la peau jusqu'aux poignets. Des mains imparfaites, mais fortes. Comme moi un peu.

Je sais que je dois donner des vacances à mon cœur. Paul, avec son amour en dents de scie, ses longues absences et sa double vie, l'a épuisé, asséché, rapetissé même. Je dois vivre sur ma réserve d'amour-propre, recommencer à me faire du barbecue, à m'inventer des scénarios sexuels avant de m'endormir, à prendre l'apéro toute seule, à faire peur aux enfants de la ruelle, à leur jeter des mauvais sorts pour de faux, à chérir fort le silence qui habite mon appartement, à profiter du temps qu'il y a tout autour de moi pour me trouver de plus en plus belle de l'intérieur.

Pour m'assurer de ne pas flancher, de rester loin de mon cellulaire et des hommes qui pourraient déclencher en moi une douce obsession Instagram, je reçois plusieurs fois par semaine des amies dans ma cuisine ou dans ma cour, sous ce même chêne bienveillant à l'écorce charcutée par les petits monstres de la Cachalot. Je me rends compte que plus mon quotidien est dénué de petits drames romantiques, plus je discute, je réfléchis, j'écoute, je prends soin. De moi et des autres. C'est un sentiment exaltant, et je ne veux jamais arrêter de me sentir comme ça : utile, présente, solide, lucide.

Et maternelle, aussi. Étrangement.

Je n'ai aucun souvenir d'avoir pratiqué, enfant, mon rôle de mère avec mes poupées. Elles étaient mes amies, des filles plus jolies que moi qui s'habillaient avec goût et qui passaient leurs journées à se prélasser sous les rayons qui traversaient la fenêtre de ma chambre. Je ne les berçais pas, je leur inventais plutôt des vies et des conversations, des problèmes et des rêves amoureux. Je n'avais pas envie de prendre soin de qui que ce soit, j'étais trop occupée à vouloir qu'on me dorlote moi, qu'on me berce moi, qu'on me soigne moi. J'étais le seul bébé de la famille.

C'est donc la première fois de ma vie que ma fibre maternelle se manifeste, et elle est destinée à mes amies. C'est nouveau, mais c'est organique. J'ai l'impression d'avoir comme but bien précis de prendre soin des femmes qui m'entourent, de leur offrir mes journées, mes soirées, mes nuits, de leur faire des lifts, des lunchs, des plans de vacances, de broder mes horaires autour d'elles et de leurs vies plus compliquées que la mienne en ce moment, d'avoir des outils, une oreille, une épaule, des mouchoirs parfumés à leur offrir… Qu'avec moi, elles peuvent être heureuses ou tristes ou mêlées, peu importe les humeurs ou les occasions. Je n'ai rien de mieux à faire et c'est la bonne chose à faire.

Un soir d'avril plus chaud que supposé, trois amies s'installent autour de mon îlot de merisier. Le bois a du vécu; des cernes de Riedel, du vernis à ongles, des égratignures de bracelets. On boit du vin sans vraiment le goûter, il n'est même pas tard, mais on a commencé tôt. Nos préoccupations sont parfois simples et peu originales, d'autres fois elles sont importantes, difficiles, plus grandes que nature : le travail instable, les hommes paresseux, les glaciers qui fondent, l'immobilier intimidant, nos futurs projets de trentaine, nos corps qui changent. On vit dans l'impression qu'il n'y a pas de sujets hors limites, on y croit réellement, notre terrain de jeu conversationnel est vaste et vrai, on en est fières.

Violette arrive chez moi une heure après les autres, elle a deux bouteilles de vin nature, un Koppitsch et un Pervenches. Je la boude un bon 15 minutes parce que les gens en retard me font tout le temps de la peine, puis je retrouve mon sourire quand elle vient me coller par-derrière en murmurant une excuse sincère à mon oreille.

— Je savais pas quoi mettre, je me suis changée 13 fois, je me trouvais laide dans toute, c'est pour ça, mon retard.
— Tu es belle dans toute.
— Non, toi tu es belle dans toute.
— Non, toi.
— Non, toi.

Et ainsi de suite jusqu'à ce qu'un bec sec sur les lèvres de mon amie mette fin à notre joute de compliments doux. La tendresse qu'il y a entre nous est l'une de mes plus grandes fiertés, elle me fait bien dormir la nuit et sourire pour rien le jour, quand je marche dans la rue sans but précis. J'apprends beaucoup sur l'amitié à travers mon lien avec Violette. Dans le passé, j'ai souvent abandonné mes amitiés dès qu'elles demandaient un peu de travail, dès qu'elles n'étaient plus aussi fluides, aussi simples qu'au premier jour. Je me décourageais vite au moindre obstacle, à la moindre chicane, parce que je croyais qu'avoir une amie ne devait découler que d'une camaraderie légère et facile. Au primaire, je me rappelle très clairement ces récréations passées toute seule, assise contre le mur de briques beiges, les fesses dans la petite roche et les pépites d'or à admirer de loin le plaisir si simple que les autres filles partageaient entre elles autour d'une balançoire en pneu ou d'un ballon-poire qui écorche les poignets. Je les enviais à en avoir mal au ventre, et surtout, je m'en voulais fort de ne pas être capable de m'amuser avec elles sans créer de chicanes ou de malaises, sans provoquer de la jalousie de part et d'autre. J'avais l'impression que j'en étais toujours la cause, que c'était moi, avec ma franchise et mon cœur sensible, qui venais déranger la paix au sein de ces groupes de filles. Elles semblaient exceller dans l'art d'être ensemble sans faire de vagues, sans moi.

C'est ensuite grâce à la sororité retrouvée dans mes cours de gymnastique que j'ai pu me réconcilier avec la vie de groupe, que j'ai pu me faire une place qui me ressemble et rencontrer des filles qui ont accueilli volontiers mes émotions débordantes et mon esprit compétitif. Certaines de ces amitiés, qui se sont créées entre une routine aux barres asymétriques et une douloureuse séance de grand écart, m'ont suivie jusqu'à l'âge adulte, et elles me rappellent quotidiennement que j'ai toujours eu besoin d'appartenir à un clan de femmes, que c'est ainsi que je brille le plus, finalement.

Quand je me remémore ces longues heures d'entraînement à papoter sur les trampolines ou dans les vestiaires, les muscles endoloris, les chevilles bleues, les paumes en sang, je me vois être leader et de bon conseil, toujours fébrile à l'idée d'être un phare ou une épaule où se poser. Depuis, cet esprit de communauté, je le veux dans ma vie à chaque instant.

À l'adolescence, j'ai vécu certains des moments d'amitié les plus exaltants de ma jeune vie, sans toutefois pouvoir m'épargner des douleurs qui marqueront à jamais cette époque compliquée et immensément délicate.

J'ai rencontré Jessie à la toute première journée de mon secondaire I. J'étais plus grande que tout le monde (comme d'habitude), et je me trouvais particulièrement cool avec mon chandail Parasuco, mon top de sport Jacob Junior, mes espadrilles DC et mes broches bleu bébé étincelantes. Dans le gymnase bondé à l'occasion de l'avant-midi d'accueil, je l'ai aperçue au loin, avec sa chevelure épaisse, coupée très courte sous les oreilles, la nuque dégagée, les poignets décorés de bracelets clinquants et ses Joe Boxer qui dépassaient juste assez de ses pantalons cargo. Elle était une vision de nonchalance et d'assurance, elle était tout ce que je n'étais pas. À force d'être admirée par mes yeux brillants, elle s'était retournée vers moi et m'avait spontanément saluée en me faisant une grimace – narines dilatées, gencives à l'air et menton qui se dédouble à l'infini. Elle voulait me faire rire même si je n'étais qu'une inconnue, un nouveau visage parmi tant d'autres, et quand je repense à ce moment important de notre histoire, je ne peux m'empêcher de justifier son geste en me racontant qu'elle avait déjà senti, elle aussi, qu'un filet doré nous liait, comme deux âmes sœurs enfin réunies.

Jessie et moi, on est devenues des amies par pur instinct. Parfois, je me demande si ce n'était pas plutôt un coup de foudre.

J'ai vécu presque toutes mes premières fois d'adolescence à ses côtés. Elle était une présence vibrante qui me donnait souvent le courage nécessaire pour faire prendre des risques à mon cœur. Comme écrire une lettre d'amour à l'ami de son grand frère et skipper un cours d'éducation physique pour aller la déposer, pliée en huit, sous son essuie-glace dans le stationnement du cégep, ou entretenir une idylle bouillante avec un touriste américain plus beau et plus bronzé que tous les garçons de notre région réunis. Jessie m'a appris beaucoup de choses, à commencer par apprécier ma liberté et prendre plaisir à transgresser les règles sans culpabiliser à l'infini : sortir dans les bars et boire de l'alcool fort avant l'âge, rouler plus vite que supposé sur les routes de campagne avec The Cranberries dans le tapis, séduire sans s'attacher, frencher juste pour rire, rentrer tard, faire des *fingers* aux monsieurs qui nous sifflent, tricher une fois sur mille. J'étais la fille qui apprenait, qui suivait, qui s'émerveillait devant ses choix irréfléchis, elle était celle qui dictait comment vivre nos vies pour ne rien regretter et s'en souvenir longtemps.

Nos cinq années de secondaire ont été marquées par son règne. Pour le meilleur et pour le pire, comme dans les films où la plus populaire du clan est aussi magnétique que toxique. Ma valeur dépendait de son humeur. Parfois, j'étais sa préférée; nos journées étaient alors décorées de fous rires et de secrets, et les plans du week-end s'organisaient comme on planifie un mauvais coup excitant : samedi jour on va en ski (j'haïs ça, mais je ne le lui dis pas) et on se met belles même si notre mascara coulera après deux descentes, samedi soir on remplit une gourde Nalgene de vieux gin, on traverse la montagne à pied puis on va cogner chez les gars qui ont un chalet en bas des pistes. Si tout roule comme on veut, Jessie reste à coucher avec le plus cute, et moi je frenche le deuxième plus cute jusqu'à ce que je me tanne, parce que moi je suis vierge et qu'elle non. Je rentre toute seule chez ses parents en faisant le chemin contraire, terrifiée par la noirceur de la campagne qui dort, je me blottis dans son lit, sous ses couvertures qui sentent le parfum Dans un Jardin à la mûre sauvage, et j'attends qu'elle rentre sur la pointe des pieds pour me raconter à quel point le sexe c'est plate à faire, mais que c'est l'fun quand tu y repenses.

Mais d'autres fois, les étoiles s'alignaient tout croche et je devenais un obstacle à ses belles journées; elle chuchotait sur mon passage, ignorait mes interventions au dîner, partageait son lunch avec une autre, vantait ses plans du week-end sans jamais m'impliquer, demandait à ses parents de me dire qu'elle n'était pas à la maison quand je prenais tout mon courage pour lui lâcher un coup de fil après une période de froideur inexpliquée. Quand elle imposait cette distance insupportable entre nous, je devenais toute petite, passant d'adolescente géante à petit format fragile, et c'est dans cet état qu'elle pouvait faire ce qu'elle voulait avec moi. Elle m'aurait dit de sauter du toit du collège pour regagner son attention et j'aurais considéré sa proposition. Son amitié et son regard posé sur moi n'avaient pas de prix, alors j'avais le souffle coupé jusqu'à ce qu'elle s'ennuie de mon rire.

L'euphorie qui nous liait la plupart du temps a permis à notre amitié de survivre à plusieurs tempêtes jusqu'à l'âge adulte. Jessie est devenue une femme papillon qui carburait à l'effervescence des rencontres fortuites, des émotions fortes et d'une vie spontanée, dénuée de règles ou de comptes à rendre. Moi, une femme confiante la plupart du temps, assumée surtout, qui a su faire fleurir son hypersensibilité dans le bon sens pour en faire quelque chose de créatif. J'ai conservé une certaine douceur aussi, une envie de calme et de structure, sans jamais être capable de me débarrasser d'une anxiété parfois paralysante, qui exaspérait Jessie de plus en plus. Ma présence était souvent un frein à ses frivolités, et malgré mes bonnes volontés, mes efforts et mon envie de devenir plus légère et plus intrépide pour lui plaire, elle n'a jamais vraiment été à l'aise avec cette fragilité qui, malgré moi, me définit encore aujourd'hui.

Dans les méandres de nos vies d'adultes, de nos carrières, de nos rencontres et de nos idylles, notre lien tissé en fil doré a rompu en plein été, alors qu'une canicule rendait tout plus lourd et plus lent. Sans faire de vagues ni se chicaner plus fort que d'habitude, on a cessé de s'appeler, nos textos se sont faits de plus en plus rares, et le silence qui s'intensifiait entre nous est finalement devenu trop bruyant pour qu'on puisse réellement se retrouver.

On a toutes les deux eu trop peur de ce qu'on aurait pu se dire si on avait pris le temps de se dire adieu.

Au fil de toutes mes peines d'amour, l'expérience et la sagesse m'ont toujours permis de m'en remettre, chaque fois je savais que la douleur allait passer, qu'elle était même plutôt éphémère, ou du moins qu'elle perdrait en intensité avec les années. Les hommes qui m'ont brisé le cœur n'arrêtent jamais d'exister, mais leur présence se résume souvent à la mention de nos histoires imparfaites dans les pages froissées de mes journaux intimes. Mais la peine de cette rupture d'amitié, elle, ne me lâche pas. Elle persiste à me faire mal malgré le temps qui passe, les vieux souvenirs qui deviennent flous et les nouvelles amitiés qui viennent s'enraciner dans ma vie. Je ne serai jamais guérie de cette amie, de son départ, de son absence. Chacune à notre manière, on s'est abandonnées. Je serai perpétuellement hantée par la symbiose qui nous unissait, par l'euphorie quotidienne qu'elle me faisait ressentir, par les maux de ventre provoqués par trop de rires, par les souvenirs grandioses d'une adolescence ordinaire ensemble.

Il y a eu tellement de beau.

Aujourd'hui, autour de cet îlot, les liens que j'entretiens avec les femmes de mon présent sont imparfaits, mais tellement réels qu'ils sont devenus une extension de qui je suis et de qui j'ai envie de devenir. Certains sont en santé, d'autres mériteraient qu'on se regarde dans le blanc des yeux pour se demander comment on va vraiment, mais le simple fait de se rassembler ainsi, de faire pause sur nos vies qui vont vite et, surtout, de combattre les silences qui parfois nous semblent plus faciles à endurer est une promesse d'amitié qui me réconforte, qui a l'effet d'un baume quand je repense à Jessie.

Mes amitiés requièrent du temps, des remises en question, des mises à jour, des confrontations, des malaises, mais je sais maintenant que plus jamais je ne dois laisser les silences prendre toute la place. On travaille fort, solidaires, pour compenser la paresse de ceux qui négligent notre cœur. Les hommes dans nos vies mettent leur téléphone sur silencieux, alors que nous, on crinque le volume au maximum pour ne jamais se manquer.

Elles sont mes grandes histoires d'amour.

Les hommes dans nos vies mettent leur téléphone sur silencieux,

alors que nous, on crinque le volume au maximum
pour ne jamais se manquer.

MENSTRUÉE ET DÉSILLUSIONNÉE

Je profite de plus en plus de ce sentiment de liberté; la solitude est plus grisante, presque tendre, généreuse surtout. J'apprends à habiter mon temps avec grâce et effervescence, en flirtant avec la mélancolie, mais seulement celle qui ne fait pas trop mal. Celle qui fait écrire au lieu de souffrir. Les femmes qui m'entourent m'envient, je suis la reine de la vie à une. Ma porte est toujours ouverte pour les confidences, les excès de milieu de semaine, les grasses matinées, les cafés à la volée. Dans mon repaire, il fait doux et ça sent bon, je passe beaucoup de temps à cuisiner, à faire des batchs et des batchs de pesto maison, à manier le gril même si c'est juste pour moi parce que j'ai le droit. J'apprécie tout cet espace dont je jouis, je suis solide, assumée, fière, tête haute, torse bombé, mamelons libres sous les vêtements, nombril à l'air une fois sur deux, surtout l'été.

Durant cette période de grande liberté, je me sens immensément protectrice de cette solitude qui m'est si chère. Je travaille, je sors de chez moi, je socialise, j'ai de l'énergie, j'excelle au small talk, je dis oui à presque tout, j'affectionne particulièrement le poil sur mon mamelon

Je suis la reine
de la vie à

une.

gauche, je réponds au téléphone, je vais au marché, je cuisine, je suis assidue sur le compost, je vide ma carte de crédit, je dis salut à tous les chiens que je croise, je passe le balai dans la ruelle, je me masturbe sans me sentir weird, je suis de bonne humeur. C'est l'été. J'ai presque tout, et c'est déjà beaucoup. La seule chose plate, c'est que les hommes me font mal.

Des hommes, sélectionnés selon les étapes de mon cycle menstruel, visitent mon lit, mon îlot de cuisine, ma ruelle, sans jamais s'installer dans mon cœur pour la peine. J'aime penser que je les choisis ainsi; à la phase folliculaire, j'opte pour la douceur, la gourmandise, un homme qui me fait penser à un dimanche au soleil ou à un dessert généreux (une tarte au citron extra-meringue ou un semifreddo aux pistaches). Les hommes-folliculaires ont des airs de nuage douillet et de début d'histoire d'amour, mais s'avèrent plus souvent qu'autrement des amants qui me glissent entre les doigts. À la phase ovulatoire, je pars à la recherche d'un gars qui consulte un psy, qui parle au « je », qui dit merci, qui écoute, qui paie ses impôts à temps, qui boit du vin juste quand il est de bonne humeur. C'est à cette phase précise que je me ramasse la plupart du temps toute seule, finalement. C'est une quête qui semble impossible et c'est une période qui, à tout coup, m'impose un intermède, une pause obligée. Puis, à la phase lutéale, j'accueille à bras ouverts les petits bums de nuit qui tripent sur les food trucks et qui portent leur tuque sur le top de leur tête dégarnie ou les garçons qui sont tellement mal dans leur peau qu'ils ont envie de me faire la vie dure. C'est toujours de mauvais augure, mais je me réfugie dans leurs bras parce que j'ai envie de m'étourdir.

Au fil des fluctuations de mon corps résilient, je vis une suite de déceptions; parfois elles sont douloureuses, d'autres fois elles sont injustes, fâcheuses ou littéralement dangereuses.

Je rencontre un producteur de publicités, un gars sérieux, qui porte une montre chère et des cotons ouatés JJJJound. Il conduit une Mercedes louée avec le pare-brise craqué et habite un condo acheté meublé avec beaucoup de faux marbre et une collection de vinyles dénichés chez Urban Outfitters. Il aime en instagrammer les pochettes les jours de pluie. Appelons-le Casper. Il entre dans ma vie un soir de semaine, alors que je bois du vin au Rouge Gorge sur l'avenue du Mont-Royal. Je porte un haut en soie pas de brassière (ai-je besoin de le spécifier) et des talons hauts (je mesure 6 pieds). Je suis dans ma phase folliculaire, je cherche quelqu'un d'assez tannant pour passer sa main sous mon chandail entre deux gorgées de gamay. Il m'offre des verres, il complimente l'angle spécial de mon nez, il m'avoue se sentir intimidé, je trouve ça charmant, cette vulnérabilité assumée. On ne fait pas l'amour le premier soir, il flatte ma peau picotée des heures de temps, on parle de ses parents, des miens, de mes amants, de ses histoires de cœur, on va bruncher, je mange en cachant ma bouche avec ma main comme chaque fois que je suis sur la cruise durant un repas, on se revoit le surlendemain, on boit beaucoup de vin, on couche ensemble, c'est agréable, mais je fais tout sauf jouir, comme d'habitude. Je suis soulagée qu'il ne s'acharne pas trop, je veux la paix, je me rhabille et je monte dans un Uber. Sur le chemin vers mon lit à moi, je reçois un texto qui sonne comme de l'amour naissant. C'est trop, trop vite, mais je suis contente. Je m'emballe, je nous imagine sortir au restaurant deux fois par semaine, flasher notre complicité sur les terrasses de la ville, picoler, parler, faire l'amour, jouir surtout, le corps en étoile, pas gênés du tout. En même temps ou chacun notre tour, peu importe. Je me mets à rêver à ce qui vient après ces étapes d'affection nouvelle : la présentation aux chums de femmes, les promesses de vacances d'été, les lunchs chez les parents, les sentiments qui veulent exploser, le futur qui se dessine avec des couleurs qui me ressemblent.

Puis, plus de nouvelles. Rien.

J'envoie des textos qui restent sans réponse, je questionne nos amis communs, je fais de l'insomnie, je repasse au peigne fin nos conversations, notre sexualité, le peu de moments vécus ensemble, pour essayer de comprendre ce qui aurait pu le faire fuir. Disparaître. Devenir un fantôme qui hante mes nuits. Toujours rien. Je me réfugie dans ma phase ovulatoire, je vois des amies, je dors, je rêve à un amant qui répond à mes textos et qui lit des essais féministes pas juste pour faire cool sur Instagram.

Je tombe dans la phase lutéale, je rencontre un photographe, un artiste doué pour magnifier les gens ordinaires autant que les fleurs sauvages, les paysages du Nord et les femmes d'une grande beauté. Un homme polyvalent de la lentille, l'œil vif, la bouche et les mains en feu, avide de sensualité sincère, de frenchs dévoués et de saké servi dans de petits verres précieusement conservés dans le congélateur, pour faire comme au Japon. Vite comme ça, il y a de l'espoir à l'horizon pour mon cœur et mon registre d'orgasmes honnêtes. Son physique de gars de bois nouvellement arrivé en ville l'avantage, il porte des pulls garantis à vie, des Danner indestructibles (celles avec les lacets rouges, les classiques), des bagues qui ne lui donnent pas des airs d'Éric Lapointe et qui ajoutent un petit côté givré à son look. Il a du goût, il le sait, il a confiance en lui, c'est beau.

On se connaît du travail, du Mile-End, des soirées de lancement de EP et des petits shows secrets. On se croise souvent, on s'échange des sourires, on se demande comment on va chaque fois, même si on ne se connaît pas tant que ça. La tension entre nous est assumée, comme si on savait tous les deux qu'on allait se voir tout nus un jour ou l'autre, bientôt idéalement. Un soir d'orage en été, il me donne rendez-vous dans une galerie d'art dans l'ouest de la ville. Je prends un taxi, un bus, je marche six coins de rue avec mes nouveaux souliers pas-de-talons parce que je ne sais pas encore si les grandes c'est son truc. J'ai pris l'habitude de prendre pour acquis que ma grandeur est une menace pour les garçons, un petit défaut plate qui les empêche de tomber en amour avec moi. Alors je suis prudente, je me rapetisse au cas où, et puis quand j'ai le feu vert, je m'étire, m'allonge, me déplie.

Après avoir discuté d'art en buvant un pinot grigio chaud dans un verre en plastique, on se colle sous un parapluie et on brave la tempête pour se rendre dans son appartement qui donne sur le canal. Il n'est pas minuit que je suis séduite, conquise, enivrée. Il est galant, il écoute, il aime les grandes (rareté, yé !), il veut me lire, il sait déjà qu'il aimera ma plume, il veut me cuisiner un osso buco bientôt, j'haïs ça, mais je lui réponds que j'ai super hâte. J'ai surtout envie de lui, mais il prend son temps, il me dévisage en souriant, il me ressert du saké, il m'offre un compliment comme une invitation, je l'accepte et j'embarque sur lui. Ça va vite, on se déshabille, je veux qu'il mette un condom, il n'en a pas envie, il dit qu'il est « clean », il insiste plusieurs fois, et ses becs tendres et manipulateurs me font flancher. On fait l'amour, c'est intense, trop par bouts, mais je me dis que ça doit être sa façon de me communiquer son désir, et qu'il est trop tard de toute façon pour quémander soudainement de la douceur. Je suis là, il est en moi, je ne vais pas en faire un plat. Un mordillage de lobe d'oreille devient rapidement une suite de croquées vampiriques. Dans mon cou, sur mes flancs, sur mes fesses et sur mon ventre. C'est spécial, c'est nouveau pour moi, je ne sais pas si j'aime ça, mais le simple fait de me poser la question me donne une bonne idée de la réponse que je devrais me donner. Je joue le jeu, je suis désirée, je le sens, c'est gratifiant, ça prend plus de place que la sensation de ses dents dans mon épiderme. J'en redemande, même si ma peau rougit à chaque bouchée. Je m'endors dans son lit, c'est rare, mais je suis épuisée, et malgré ces ébats qui me rendent perplexe, je suis flattée qu'il me supplie de rester.

C'est mon mal de tête qui me réveille. Il est déjà dans la cuisine à me presser un jus d'orange, je m'invente une excuse pour m'éclipser, il m'embrasse comme s'il venait d'écrire un poème sur moi et je me réfugie dans l'ascenseur de son immeuble pour examiner mon corps. Sous mon chandail, ma peau est rouge et bleue. Je ne sais pas quoi ressentir; la douleur des marques sur mon corps ou la fierté d'avoir provoqué en lui cette envie de me manger tout rond. Je sais d'emblée que la deuxième option est terrifiante, mais qu'est-ce que je ne ferais pas pour un peu d'attention. Malgré ma perplexité suite à ces ébats, je souhaite fort un texto qui traduirait son désir de me recroquer.

Mais non. Plus de nouvelles. Rien.

Dans les jours qui suivent, je commence à me faire des attentes. Je l'imagine débarquer en plein Salon du livre pour me faire une surprise entre deux séances de signatures, justifier son long silence avec une maudite bonne raison, m'embrasser en public pour s'excuser, acheter mon livre pour me faire rire, attendre que je le lui dédicace avec le sourire d'un enfant dans un magasin de jouets (le magasin : le Palais des congrès, le jouet : moi). Je pense même à ce que je lui écrirais sur la première page : *Veux-tu sortir avec moi ? Oui, non, peut-être.*

Mais la surprise ne vient jamais. Au moins, plus son silence s'étire, plus ma peau retrouve sa couleur normale.

Je reviens à la phase folliculaire. J'accepte une *date* avec un homme qui pourrait vraiment être spécial (il a les cheveux longs et est parrain deux fois, très bon signe, ça !). Il me donne rendez-vous dans une librairie de livres d'occasion, je fais semblant de bouquiner pendant qu'il prend le temps de lire les quatrièmes de couverture de tous les livres de Beigbeder, et je me sauve en courant jusqu'à ma prochaine phase ovulatoire où je cherche un homme qui a des airs de papa présent pour un enfant que je n'aurai peut-être jamais, et évidemment je ne le trouve nulle part. Puis je m'élance avec excitation dans une phase lutéale toute fraîche où je rencontre un technicien sur un plateau de tournage. Et ça tombe particulièrement bien parce que j'ai très envie d'avoir un chum. Pas d'être amoureuse. Juste d'avoir un chum, des petits sentiments divertissants. Quelqu'un pour regarder des séries d'époque sur Netflix, pour partager des œufs brouillés le dimanche, pour faire l'amour à jeun, pour aller au Vermont le week-end et faire comme si on était des gens de plein air. Quelqu'un qui me trouve belle le matin, qui m'appelle quand ça va moins bien, qui pense à moi quand une chanson le rend léger, qui ajoute l'émoji de la loutre à côté de mon nom dans son cellulaire. Des affaires comme ça.

C'est un introverti, il le répète souvent pour justifier son air bête. Il porte beaucoup de noir, mais du noir sport, style Patagonia. Il aime Orson Welles, Ingmar Bergman, Wong Kar-Wai, il se clenche des livres audio à vitesse accélérée, il se magasine une chaise ergonomique à 2 000 dollars pour mieux commencer le scénario du court-métrage qu'il n'écrira jamais, il ne comprend pas que mon chef-d'œuvre cinématographique à moi, ce soit *Le diable s'habille en Prada*. Il me dit qu'il m'aime à la troisième *date*, je réponds que moi aussi en croisant mes orteils et en rougissant des joues parce que c'est flatteur, parce que pourquoi pas. Je n'ai pas envie de juger son élan d'amour.

Sous le couvert d'une gêne maladive et d'un snobisme assumé, il devient un homme désagréable, méprisant. Il se faufile sous ma peau et dans ma tête, et fragilise la force que j'ai minutieusement emmagasinée en moi. Sachant que ma relation avec mon corps et mon poids est fragile, il commente mon apparence et la fréquence de mes visites au gym, il me fait sentir toute petite alors que je suis tellement grande, il ne sort jamais de chez lui et me demande de ne pas le laisser seul, il ridiculise mes succès, il ternit tout ce qui est coloré dans ma vie. J'étouffe, littéralement; notre sexualité est pénible, j'ai peu de place pour exister, je ne suis ni écoutée ni comprise, il aime plaquer une main sur mes lèvres et boucher mon nez en même temps avec ses doigts, pas longtemps, juste assez pour que je manque d'air, que je panique et que ça l'excite. La petite impression de mort le rend vivant. Mais je reste là. Je reste là parce qu'il me donne des nouvelles, parce qu'il répond à mes textos, parce qu'il ne disparaît pas, lui. Moi qui pensais être devenue une femme affranchie qui n'a pas besoin d'être en couple pour être heureuse, une femme capable d'être seule, indépendante, libre, je me retrouve accrochée au cou d'un homme qui me rend plus fragile que jamais. Je me déçois, mes gestes ne suivent ni mes paroles ni les promesses que je me suis faites. Il me faut des mois de plus de chantage, de manipulation et même de menaces pour réussir à le quitter pour de bon.

Je suis fière (soulagée aussi) d'être partie, mais honteuse d'être tombée dans le piège au départ. Je pensais que j'étais au-dessus de tout ça, mais j'ai plutôt fermé les yeux sur des drapeaux rouge vif. On m'a fait miroiter de l'attention et j'ai tout oublié pour en profiter. J'ai du travail à faire. Peu importe la phase de mon cycle menstruel, peu importe les outils que j'emmagasine dans mon petit baluchon de presque trentenaire, je me laisse grafigner le cœur par des fantômes, des vampires, des serpents vicieux qui s'enroulent autour de mon grand corps pour étouffer ma lumière.

Pourquoi toutes mes expériences avec des hommes, même les plus récentes, me rendent-elles aussi affaiblie, en colère, abattue, alors que je suis censée être en contrôle? Pourquoi est-ce qu'elles m'inspirent tout sauf l'espoir et la sécurité d'un avenir amoureux hétérosexuel sain? Et pourquoi, encore une fois, ai-je le réflexe de penser que c'est probablement ma faute, que je les choisis mal? La culpabilité prend toute la place, la déception que je ressens face à mes réflexes amoureux aussi. Je m'autoflagelle en me répétant que j'aurais dû partir plus vite, ou carrément mieux sélectionner les hommes que je fréquente, que j'ai un vilain pattern de gars pas fins, que je suis incapable de voir les drapeaux rouges, même quand ils sont fièrement brandis au-dessus de la tête de mes amants.

Liz Plank a écrit un livre brillant : *Pour l'amour des hommes*. Elle essaie de redéfinir la masculinité, de la comprendre, de creuser à la source, de fouiller fort pour trouver de la lumière, pour aimer mieux les hommes, pour caresser l'espoir d'être mieux aimée par eux, aussi. J'aurais aimé avoir cet ouvrage à ma disposition beaucoup plus tôt, du moins à un âge où ma relation avec les hommes était moins écorchée par toutes ces petites violences.

Elle écrit :

> « *Cette idée que la masculinité fait mystérieusement disparaître les besoins humains primaires comme la vulnérabilité, la proximité, l'intimité et l'attachement est non seulement fausse, elle mène aussi à l'intériorisation de la honte quand les hommes ressentent ces besoins et une incapacité à bien les gérer. Ce qui signifie qu'une bonne part de l'agressivité que nous associons aux hommes ne relève peut-être pas de leur nature, mais plutôt de la façon dont nous les élevons. Le patriarcat ne se contente pas de convaincre les hommes qu'ils n'ont pas de besoins émotionnels; il les pousse*

aussi à se sentir humiliés quand ces besoins naturels se font sentir, ce qui force ces besoins à s'exprimer autrement, et de façon bien moins productive. »

J'ai envie de continuer d'aimer les hommes. D'essayer de comprendre leurs gestes, leurs silences, leurs maladresses, leurs cruautés, même. Mais parfois j'ai peur qu'il soit trop tard. Je suis fatiguée de leur donner le bénéfice du doute, de mettre ça sur la faute de l'Histoire, de les dédouaner de leurs gestes qui font mal. J'aurais besoin qu'ils travaillent plus fort pour nous aider à leur faire confiance.

Parce que pour l'instant, pendant que moi aussi je consacre ma vie à écrire là-dessus, que je noircis les pages de mon journal intime, que j'accapare les conversations de soupers de filles avec mes histoires et mes analyses, les hommes qui m'ont fait l'amour tout croche et qui m'ont si mal aimée refusent d'entamer leur propre réflexion et d'essayer de revoir leur façon d'exister à nos côtés. Au lieu d'aller en thérapie, de parler, de demander de l'aide, ils se rassurent en se disant que « *boys will be boys* » et qu'on doit être fragiles ou difficiles ou folles ou les trois.

J'ai 29 ans, l'ère #metoo est en pleine ébullition et la romance n'existe plus. Le sexe opposé me fait peur, me décourage, fait bouillonner en moi une colère que je ne connais pas encore assez pour l'apprivoiser. Cette suite de déceptions et de relations malsaines me pousse encore plus à imaginer mon avenir telle une seule femme.

Peut-être que ma réticence envers la maternité découle de ce manque de confiance en eux. Est-ce que je vais vraiment faire un enfant avec un homme qui disparaît, qui joue avec moi comme avec une poupée, qui s'excite à l'idée de m'étouffer ? C'est difficile d'avoir envie de procréer quand on ne se sent pas en sécurité.

C’est difficile d’avoir envie de procréer

quand on ne se sent pas en sécurité.

ENTRE FEMMES

En mars 2020, j'ai 30 ans. Je commande beaucoup de vin nature. J'achète des bouteilles par douzaines. Je les aligne sur le plancher du salon, je les trouve belles, elles ont toutes une histoire, elles m'accompagnent dans l'angoisse pandémique, dans le moment présent, le seul moment qu'on peut se permettre ces temps-ci. Mon pusher de bon jus est beau, je flirte avec lui à coups de virements Interac, je cache des compliments dans mes questions secrètes sur AccèsD.

Je vis toujours seule dans mon appartement, et les nouvelles à la radio commencent à faire peur. Après deux coups de fil sur la panique, les femmes de ma vie et moi, on s'organise : je mets Audrey (mon chat) dans sa cage, je saute dans ma voiture, j'arrête mettre de l'essence (un petit 20 piasses), je vais chercher Coco dans la Petite Italie, et on déménage chez ma sœur, un quartier plus loin. L'idée de se rassembler sous un même toit nous rassure, les points de presse du gouvernement passeront peut-être plus doucement, et de toute façon, une bouteille de vin nature, ça se boit encore mieux à trois.

Au fil des jours interminables et des mauvaises nouvelles, la solitude pèse fort, mais l'ambiance de fin du monde n'a pas raison de notre trio. Tout est étrange. Ma mère compare ça au verglas de 1998, à cet état de panique, à cette impression de ne rien voir de scintillant à l'horizon. Le calme angoissant de la ville qui dort même sous le soleil glacé de mars me rend nostalgique. Je pense à Paul, je me raconte des scénarios dans ma tête avant de m'endormir pour m'assurer de rêver à lui. Je lui écris, j'attends qu'il me réponde. Et mon cœur tombe comme une brique dans le bas de mon ventre quand je vois son prénom interdit apparaître sur mon téléphone :

> Hi, I think about you too. This quarantine is so surreal. I hope you are safe.

Pas de bec, pas d'émoji, pas de tendresse pour me réchauffer le corps. La passion me manque, sa peau épaisse me manque, son accent me manque, sa façon de me toucher comme si j'étais une œuvre d'art me manque. Je m'ennuie même de son jonc doré et de l'attendre tout le temps. Je reste enfermée dans cet appartement qui sent trois parfums de femmes en même temps et tout s'embrouille.

Le matin, Coco se lève en premier, elle fait couler le café filtre pour que l'odeur me réveille doucement, elle entre dans ma chambre sans cogner parce que le bruit de ses chevilles qui craquent annonce sa présence avant elle. Elle dépose une tasse fumante sur ma table de chevet et elle s'installe au bout du lit pour me raconter ses rêves bizarres, mais surtout ses échanges nocturnes avec un gars rencontré sur Hinge. Il est designer graphique et s'habille en noir, il a un chien qui s'appelle Gus, il ne mange pas de légumes et il prend toujours une demi-journée pour répondre aux messages parfaitement rédigés de Coco. Les yeux encore collés d'avoir dormi à moitié (crise d'angoisse + trop de vin), je cherche les raisons qui pousseraient monsieur InDesign à prendre autant de temps pour donner de l'attention à ma chum belle comme le plus beau des jours, mais ça ne me vient pas. Tout le monde a rien à faire, tout le monde est scotché sur son cellulaire, tout le monde peut répondre plus vite que l'éclair. Elle pleure un peu parce qu'elle est fatiguée de toute, elle se glisse dans les couvertures à côté de moi, et on se brûle la langue avec notre café parce que c'est la seule façon qu'on a trouvé de vivre des sensations fortes.

Ma sœur nous rejoint, elle s'affale sur le lit et nous met à jour sur sa nuit. Elle a tellement eu chaud que ses cheveux frisent dans sa nuque, c'est pas laid, on la complimente. Elle a dormi comme un bébé jusqu'à ce qu'une ancienne flamme l'appelle à répétition pour la convaincre de venir chez lui même si Legault dit que c'est interdit. Ma sœur dit non, clairement, plusieurs fois, et il finit par lui envoyer une note vocale pour lui faire entendre les bruits de sa séance de masturbation. Coco se remet à pleurer, ma sœur aussi, moi je propose qu'on appelle la police, mais on sait trop bien qu'elle a d'autres chats à fouetter. Même dans notre nid de femmes douces, les hommes réussissent à nous faire peur.

Je fais à déjeuner : trois bols de céréales avec des pépites de chocolat et du lait d'avoine. On mange en faisant claquer notre cuillère sur nos dents et en scrollant sur Instagram la vie lente des autres confinés. Il y a beaucoup de kits en coton ouaté qui matchent, de pain qui lève tout croche, de chiens qui ronflent, de selfies dans le soleil du matin, de publicités de jouets sexuels scintillants et de citations sur la possible légèreté de l'été qui nous attend pas loin devant. Je garde du lait dans le fond de mon bol pour Audrey. Le petit son doux de mon chat qui boit berce notre matin gâché par les gars.

Pour passer le temps, je me mets au dessin. Avec mon crayon MUJI à pointe très fine, je dessine mon nouveau quotidien : une tasse à café fumante, une canne de cœurs de palmier Pastene, une paire de bobettes Fruit of the Loom à petites rayures cute, une Diva Cup bien pleine, une bouteille de vin où on peut lire sur l'étiquette « Cuvée du manque d'attention – COVID 2020 – embouteillée sur le Plateau-Mont-Royal ». J'ajoute comme touche finale à mon œuvre un échange texto, que j'ai recopié (et romancé), avec mon amant du printemps, avec qui j'ai couché juste trois fois dont zéro cunni (donc est-ce que ça compte vraiment pour un amant ?).

Moi

Qu'est-c'tu fais ?

Mon amant

Je checke le point de presse, toi ?

Moi

Moi too.

Mon amant

Pouce en l'air jaune

Moi

Veux-tu voir mes boules ?

Mon amant

Vraiment.

Écrit noir sur blanc, pas de faute évidemment, avec une calligraphie appliquée, comme pour me convaincre que c'est la poésie que je mérite en ce moment. Pandémie ou pas, c'est une époque de ma vie où je me contente de peu; je fais l'amour sans que ce soit réellement bon parce que je n'ai pas l'énergie de dire ou de savoir ce qui me ferait plaisir, je discute avec des hommes dont les « si » ne mangent pas les « rais », je me laisse répéter à mon reflet que je suis ordinaire, que je ne retomberai plus jamais en amour, que les belles années de frivolités, d'orgasmes et de romances sincères sont derrière moi, qu'il ne me reste plus qu'à chialer sur des gars dans des livres pour continuer d'exister. L'isolement, le froid, le silence, l'angoisse du petit mal de gorge et le début de ma trentaine me donnent l'impression que je recule à grandes enjambées sur le chemin de la confiance en moi.

Puis l'heure de l'apéro arrive, à petits pas lents, mais confiants. On a déterminé, toutes les trois ensemble, que 16 h serait notre heure, et qu'il ne fallait en aucun cas en déroger. Durant la première vague de la pandémie, la routine est importante, et le vin se débouche à un moment choisi avec soin. Souvent, c'est un pinot noir, surtout quand on a le cœur refroidi par tout et n'importe quoi.

Et ce soir, on s'en va dans le Jura. Ma sœur sort les verres ballons, et Coco et moi on s'installe autour de l'îlot pour la regarder nous servir parce qu'elle est sommelière et qu'elle ne fait jamais de dégât, elle. Dès la première gorgée, je leur demande de m'aider à choisir quelle photo je devrais envoyer à mon amant : celle de mes boules (de proche) ou celle de mes fesses (de loin). Je remercie Coco au passage de m'avoir conseillé de fermer les lumières de la salle de bain et d'utiliser le flash de mon iPhone. Le résultat est correct, on dirait du Helmut Newton des temps modernes, mais en vraiment moins chic. Je porte mon léotard noir, celui qui me fait sentir comme une femme qui fait l'amour souvent et qui se trouve belle quand elle jouit, et on ne voit pas mon visage, même qu'on ne me reconnaît presque pas, parce que j'ai toujours peur que quelqu'un qui me déteste envoie la photo à ma mère.

Une fois la photo sélectionnée, je l'envoie et on attend. Quand mon téléphone vibre, nos trois cœurs sautent en même temps, d'excitation, de fébrilité. On s'emporte pour des petits riens en forme de portraits grivois-élégants. Mais mon amant prend son temps pour répondre et je commence à avoir le vin triste. Je me déçois; alors que je voudrais être comme Miranda dans l'épisode 1 de la saison 2 de *Sex and the City*, quand elle fait une montée de lait épique à ses chums de femmes pour leur dire qu'elle est tannée qu'elles perdent tout leur temps avec des histoires de gars qui n'en valent même pas la peine au lieu de célébrer leurs cerveaux, leurs diplômes, leurs carrières, leurs amitiés. Je suis comme les autres, dans le fond. Alors que la planète vit une pandémie, que les urgences débordent, que tout le monde a peur, moi j'attends qu'un homme réponde par un émoji de feu d'artifice ou de flamme ou de bonhomme avec des étoiles dans les yeux à une photo de mes seins.

Une heure plus tard (avec l'impression que ça lui en a pris quatre), l'amant me répond enfin:

> S'cuse, j'étais avec mes enfants.

Je ferme mon cellulaire (pas juste la sonnerie, je le ferme pour de vrai) et je demande à ma sœur d'ouvrir une deuxième bouteille. J'ai besoin que cette soirée ordinaire se transforme en célébration, que notre manque d'attention prenne congé le temps d'un apéro qui s'étire trop, juste assez pour qu'on soit capables de prendre conscience de la douceur qu'il y a dans notre appartement de fin du monde.

Autour de cette table, il y a trois femmes contre les catastrophes.

Je me mets à imaginer ma vie autrement. Je rêvasse à un quotidien où les femmes seraient celles qui me donneraient de l'attention. Pas juste sexuelle ou romantique. Toutes les sortes d'attention. Sans le regard des hommes, sans leurs textos flous et leur pâle présence, mes journées seraient peut-être plus productives. Surtout, je dépenserais mon énergie sur des choses importantes, comme faire du bénévolat ou juste être là pour quelqu'un d'autre que mon nombril. Je sais que c'est irréaliste, que l'île déserte que je m'imagine, peuplée de femmes prêtes à tresser les cheveux de n'importe qui, capables d'écoute et d'empathie jour et nuit, les pieds dans le sable, le corps nu qui grille sous un soleil indulgent, c'est une utopie qui ne m'aide pas tant que ça en fin de compte. Mais je ne peux pas m'empêcher de penser que je suis malheureuse, avec les hommes. C'est leur faute, mais je me tape sur la tête quand même. Parce que je me laisse être mal aimée, mal fourrée, mal comprise, mal flattée, mal touchée, mal toute. J'ai envie de me cacher d'eux, que la pandémie s'étire assez longtemps pour me laisser le temps de me rendre à l'évidence que ma vie doit être vécue entre femmes, avec ma sœur et Coco, haut perchées dans notre tour d'ivoire qui sent ma crème à la bergamote, mélangée au shampoing à la tulipe de ma sœur et au déo cher au bois de santal de Coco. Un refuge décomplexé qui nous donnerait envie d'être entièrement nous : compliquées le matin, passives le midi, révoltées le soir, et toutes sortes d'autres choses la nuit selon l'humeur de la Lune.

Je me demande si j'ai besoin des hommes pour être heureuse.

Dans l'épisode « *Queen Spirit* » du balado *Les couilles sur la table* de Victoire Tuaillon, Virginie Despentes avance, à propos de l'hétérosexualité intériorisée des femmes, qu'on passe à côté de beaucoup de coups de foudre en s'obstinant à se dire hétérosexuelles, comme si on fermait les yeux sur la possibilité de tomber en amour avec une femme, juste parce qu'on s'est fait dire toute notre vie que notre romance, et par le fait même notre désir, n'était destinée qu'aux hommes. Ma mère, avec toutes les bonnes intentions de mère du monde, a été la première à contribuer à mon orientation sexuelle coulée dans le béton; petite, je lui verbalisais souvent « avoir peur » d'être lesbienne. Vers la fin des années 90 et au début des années 2000, la fluidité n'était pas aussi célébrée (ou acceptée, devrais-je dire) qu'aujourd'hui, et ma génération était tout autant prise dans le carcan de l'hétérosexualité que l'était celle de ma mère. Toujours dans l'humble et honnête volonté de m'apaiser et de me protéger, ma mère me répondait systématiquement qu'elle était convaincue que j'aimais les hommes, que c'était comme ça, qu'il n'y avait pas d'autre avenue pour moi et que je n'avais pas à m'en faire. Chaque fois, ses paroles m'apaisaient réellement, elles avaient un effet de calme instantané en moi.

Fiou, j'aimais les hommes. Si ma mère le disait, c'est que c'était vrai.

Des années plus tard, je fais un cadeau à ma mère, je l'amène à New York. On prend l'avion, on pose nos valises dans un hôtel-boutique qui sent l'eucalyptus et les gens d'affaires, et je réserve la table du fond au Balthazar sur Spring Street avec le souhait secret d'y croiser Bella Hadid en train de manger un hamburger à 40 $ US et des frites à la truffe. Au deuxième martini, ma mère me demande ce qu'elle aurait pu mieux faire, ce que j'aurais aimé qui soit différent, dans mon éducation, dans notre relation. Tout de suite, je repense à Despentes. Je lui confie que j'aurais voulu qu'elle réponde autrement à mes questions existentielles sur ma sexualité, qu'elle m'accueille sans m'imposer de chemin, un chemin qui lui allait à elle, qui la rassurait elle. Je sais pertinemment que je suis passée à côté de relations spéciales, romantiques et

Je
me
demande
si
j'ai
besoin
des
hommes
pour
être
heureuse.

sexuelles avec des femmes, juste parce que j'entendais la voix de ma mère me répéter que j'aimais les hommes. Elle n'avait pas tort, j'ai eu de belles relations avec eux, des histoires d'amour qui m'ont même fait écrire des livres, mais le ventre me vire à l'envers quand je pense aux histoires d'amour que j'aurais pu écrire sur les femmes qui m'ont chamboulée.

Je pense surtout à Violette, qui est arrivée dans ma vie comme une nouvelle saison. En revisitant le début de notre histoire d'amitié, je me rends compte que c'était peut-être, en fait, une histoire d'amour.

C'était le début de ma vingtaine, ma vie à Montréal était bien installée, j'étais en couple avec un garçon qui me faisait sentir spéciale, on partageait un appartement, j'étais satisfaite de mon quotidien et mon cœur battait à un rythme raisonnable. À l'époque de notre rencontre, Violette aussi était en couple, avec un garçon gentil et discret, mais qui était aussi le genre de gars à être souvent en bedaine (il était musclé). Nos semaines étaient parsemées de petits cafés, de projets de potluck, de virées dans les bars habillées chic, de brunchs le dimanche en pyjama. Souvent, nos soirées arrosées étaient ponctuées de baisers volés dans les cabines de toilette, mais toujours en riant, parce que des becs entre filles qui ont des chums, c'est juste pour le fun, ça ne veut rien dire. Et quand on revenait chacune chez soi, on attendait avec impatience la prochaine fois en s'écrivant des textos parfaitement rédigés avec un sourire niais aux lèvres. Nos chums nous taquinaient, commentaient notre fusion sans jamais avoir peur pour notre amour pour eux. Et ils avaient raison de bien dormir la nuit, jamais on n'aurait risqué d'ébranler notre lien en explorant les sentiments puissants qui fleurissaient à travers notre amitié.

Les paroles de Despentes reviennent souvent me hanter. Je suis convaincue que c'est exactement de ça dont elle parle, cette fusion entre femmes qui ne se transforme jamais en histoire d'amour parce qu'on a les deux pieds coincés dans le béton de l'hétérosexualité. J'ai développé tellement de romances sans saveur avec des hommes qui me faisaient sentir mille fois moins vivante que Violette. J'ai le FOMO de cette histoire que je ne me suis jamais permis de considérer.

Je sais bien qu'une relation amoureuse avec une femme aurait aussi eu son lot de complications, que la coercition sexuelle et affective n'est pas genrée, que je ne me serais pas sauvée de certaines manipulations ou souffrances que j'essaie de fuir avec les hommes, mais j'ose espérer qu'au moins, il y aurait eu plus de solidarité. Une solidarité qui nous est propre, entre mes amies et moi. Cette sororité m'aurait peut-être permis de me sentir un peu plus en sécurité, m'aurait peut-être donné l'espace nécessaire pour apprivoiser mon corps à un rythme qui me ressemble, pour apprendre à m'aimer sans perdre mon temps à éduquer, réparer, me protéger, m'essouffler, me rapetisser.

Peut-être que si j'avais honoré chacun de mes coups de foudre en dépit de leur genre, que si je m'étais donné le droit de vivre une romance avec une femme, j'aurais eu envie d'être mère.

C'est vertigineux, comme constat.

Je me déçois. Je blâme en partie ma mère, parce que c'est un réflexe réconfortant de blâmer sa mère pour ses déceptions, mais pourtant elle n'y est pour rien. Je sais que la génération à laquelle elle appartient ne lui permet pas autant que moi de voir l'amour différemment, d'une manière moins hermétique et plus polyvalente, plus libre et connectée à soi, surtout. Et de toute manière, je ne peux pas lui en vouloir parce que même à 30 ans, libre comme l'air, délivrée de ses paroles et de

Peut-être que si

j'avais honoré chacun de mes coups de foudre
en dépit de leur genre,

que si

je m'étais donné le droit de vivre une romance
avec une femme,

j'aurais eu envie d'être mère.

ses biais, mais surtout de ses craintes qui ne m'appartiennent pas, je m'obstine, pour ne pas dire m'acharne, à donner toute mon attention aux hommes et à chercher dans leurs yeux des histoires d'amour qui, en bout de ligne, me laissent toujours sur ma faim.

Je suis pourtant assez fougueuse quand vient le temps de vivre ma vie d'hétéro; je fais des allers-retours à Los Angeles et à New York même si je n'ai pas un sou en poche, je gâche des soirées entières entre amies à attendre après une réponse ou un peu d'attention, je sacrifie ma précieuse solidarité féminine, même... Mais quand vient la possibilité de déconstruire tout ce que j'ai appris sur l'amour et la sexualité depuis que je suis toute petite, alors là, je me rétracte. Je reste dans mon petit contenant rassurant, en terrain connu, éternellement insatisfaite, éternellement envieuse de celles qui prennent des risques pour aimer à leur juste valeur.

Je me trouve paresseuse.

PRATIQUER LA DOUCEUR

C'est presque l'été. La pandémie bat encore son plein, mais l'envie de se bécoter en collectivité est plus forte que celle de rester enfermés, ou même de suivre les règles à la lettre. Les rues s'animent de jasettes interminables, tout le monde a envie de se parler, ça fait changement de la vie d'avant où personne n'avait vraiment l'énergie de coexister. Je me surprends moi-même à sourire aux gens que je croise, à recommencer à discuter avec ma factrice qui est fascinée par la quantité de colis qu'elle vient déposer à ma porte tous les jours, à me mettre du mascara pour aller faire les courses sur Laurier Est en espérant croiser une connaissance. Le small talk est bienvenu, la chaleur humaine aussi. C'est exaltant de recommencer à vivre tous ensemble en même temps.

Je relis mes journaux intimes, je me rappelle qu'à 17 ans, j'étais amoureuse d'un chanteur, que sa voix me faisait rêver à une romance simple et gourmande, que sa façon d'écrire des chansons me faisait mouiller le coin des yeux, qu'il chantait bien l'amour et la jeunesse et les saisons et le quotidien extraordinaire. Je ne le connaissais pas, mais je sentais qu'il voyait la vie avec la même sorte de lunettes que moi, en forme de cœurs, la vitre teintée fleur bleue avec plein de petits reflets réalistes.

Dans les méandres de mon Instagram qui ressemble de plus en plus à un cimetière d'idylles avortées, de conversations diachylons et de flirts désespérés sous forme d'émojis sans âme, je m'enfarge dans les photos de Rémi, ce chanteur à la voix de beurre. Treize ans plus tard, ses traits sont aussi doux qu'avant, et des pattes d'oie généreuses se sont creusées au coin de ses yeux. Ça fait beau. Quand je zoome dessus, j'ai chaud. C'est un feeling nouveau.

Un matin de mai, il publie une chanson sur son Instagram, c'est *Your Ex-Lover Is Dead* de Stars. C'est ma chanson préférée. Et c'est ce qui provoquera nos retrouvailles. Presque tous les soirs, on discute, on s'écrit. L'écran de mon téléphone illumine un sourire que j'avais rangé loin, un sourire qui requiert des muscles dont j'avais oublié l'existence. Au lendemain de nos échanges, je suis souvent raquée des coins de bouche. Deuxième nouveau feeling. Je redécouvre dans sa façon de s'exprimer la même lumière que dans ses chansons que j'écoutais, adolescente. Le retrouver toutes ces années plus tard me replonge dans ses mots, ses images et ses sujets préférés, comme l'été, la couleur des joues des filles quand elles rient avec sincérité et les films qui font pleurer parce qu'on se reconnaît à la fin.

Je décide de lui faire confiance un matin de la fin juin. Il est à peine 8 h, je suis encore dans mon lit, ça cogne à ma porte, c'est lui. Il est habillé en golf; souliers blancs, bermudas, polo bleu marine, casquette comme Tiger, une Nike je pense. Il vient me porter un café (filtre avec lait d'avoine) avant son 18 trous dans l'est de la ville.

Je tombe amoureuse de lui un mercredi soir de juillet, alors qu'il appelle à l'émission *Moteur de recherche* sur Ici Première pour poser une question scientifique : pourquoi les choses neuves sentent-elles le neuf ? Je peine à expliquer précisément pourquoi, mais sa curiosité de fin de soirée, bien simple, me chavire. J'ai envie d'aimer un homme qui se pose de grandes questions, mais qui a aussi l'humilité, et le désir, d'en poser des toutes petites, juste pour lui.

Je suis amoureuse pour la première fois de ma vie d'adulte.

Durant toute ma vingtaine, l'amour était synonyme de perte de contrôle, comme si ce qui m'arrivait était une belle fatalité, une douleur exquise même, ou quelque chose de dangereux, mais de tout aussi excitant. Une épopée qui allait inévitablement m'écorcher, me faire des bleus partout, me laisser des marques et des cicatrices qui témoigneraient de cette course folle vers un mirage de bonheur. Un genre de bonheur qui fait beau sur Instagram, mais qui fait mal en dedans. Je calquais mes comportements, ma façon d'aimer, de me chicaner, d'être jalouse et d'être intime avec quelqu'un sur ce que j'avais appris dans les fictions que j'ai consommées durant tout mon éveil affectif. Des histoires de femmes qui s'essoufflent à courir après des hommes insaisissables, surtout.

Mais là, c'est différent.

Je tombe amoureuse pour de nouvelles choses : de la vulnérabilité (on pleure souvent, pour ce qui nous rend heureux comme pour ce qui nous rend tristes), des tempes grisonnantes, de l'initiative (il m'achète des semences au marché Jean-Talon, il organise des pique-niques, il fait sa vaisselle avec juste assez de minutie, il fait son lit, il m'achète des tampons), un corps qui vit, une douceur assumée (il remplit ma bouillotte quand j'ai mal au ventre, il me fait des cunnis qui durent longtemps, il écoute *C'est si bon* sur ICI Musique le samedi après-midi, il se rase de près pour que nos becs n'égratignent pas mes joues), des grains de beauté sur les épaules, une paternité fière (il fait des lunchs, des lifts, des rencontres de parents, des balades en vélo, il cuisine des biscuits avant que son enfant débarque pour que sa maison sente le bonheur, il n'attend pas qu'on le traite en héros pour tout ça, il fait sa job et c'est tout), un rire franc, un féminisme évident (il lit Mona Chollet avec le cœur gros, il se remet en question, il voit une psy, il pose des questions, il écoute, il se fâche avec moi, il met des fucking condoms pour que je puisse arrêter de me gaver aux hormones, dix points bonus pour ça).

Ce qui me frappe le plus, dans ce changement de cap romantique et conjugal, c'est qu'au fond, ce que Rémi est et représente dans ma vie, c'est ce qui aurait dû constituer la base de toutes mes relations précédentes. J'ai perdu beaucoup de temps à accepter l'intensité, la perte de contrôle, la soumission, même, au détriment de ce qui est sain, point. Je ne reculerai plus jamais.

C'est ça, ma romance, maintenant.

Depuis que la vie de Rémi s'entremêle à la mienne, saccadée par la garde partagée de sa fille, je découvre une façon d'aimer qui me réconcilie avec les hommes. Je n'attends plus après rien; tout arrive à temps, à un rythme qui se synchronise avec les battements de mon cœur léger. Je ne suis pas recouverte des marques, des cicatrices et des bleus qui parsèment habituellement ma peau quand j'aime fort, au contraire, je suis douce comme du velours.

Le mois d'août est chaud, pas trop, mais juste assez pour bronzer sans paniquer. Je porte souvent de longs t-shirts en guise de robe soleil, avec des espadrilles et des petits bas de couleur. La simplicité de mes vêtements d'été traduit mon bonheur, ma légèreté. J'ai déménagé dans Villeray; mon nouveau quartier est en vacances, les journées sont longues et lentes, les avions qui traversent le couloir aérien sont gracieux, le jardin du voisin va bien, les enfants sont high sur les Mr. Freeze, les oiseaux chantent des mélodies que je connais (souvent c'est *Wildest Dreams* de Taylor Swift), je vais régulièrement me chercher une petite molle à la vanille avec le sourire, la vie est douce.

Bercés par la discographie complète de Death Cab for Cutie, Rémi et moi on prend la route des vacances vers les Cantons-de-l'Est. Il conduit, moi je fais la liste de mes angoisses du moment à voix haute, les pieds allongés sur le dash comme dans les films : est-ce que j'ai assez faim pour qu'on arrête au McDo, est-ce que ça dérange si je passe mon tour pour conduire, est-ce que la clim va me donner mal à la gorge, est-ce que les ours polaires vont exister dans dix ans, est-ce que mon mal de ventre, c'est mes règles imminentes ou un cancer des ovaires, est-ce qu'on va mourir dans un accident de voiture, est-ce que nos vacances vont être reposantes, est-ce qu'on a assez de vin, est-ce que le bonheur qui m'habite est une illusion, est-ce que je m'en fais trop pour tout.

Rémi répond à chacune de mes questions, prend soin de chacune de mes angoisses, une main sur le volant, l'autre sur ma cuisse, mais pas trop proche du genou parce que sinon ça me chatouille et il le sait. Il parle, je renchéris, il réfléchit. Nos cœurs, eux, ne prennent pas de vacances et c'est tant mieux. J'ai l'impression que tout peut se dire, que mes questions existentielles sont un carburant pour son amour pour moi, qu'il reçoit mes révoltes quotidiennes comme des invitations à se battre à mes côtés, que les principes forts que je me suis forgés, durant toutes ces années de solitude choisie, de célibat assumé, ne font que le motiver à m'aimer mieux, et à s'aimer mieux lui aussi, tant qu'à y être.

Le cœur pas mal plus léger, on débarque dans la grande maison de mon père, où on passera la semaine pour s'occuper des plantes et des trois chats durant son voyage de golf annuel. C'est une maison qui ne me ressemble pas, et qui ne ressemble à rien de ce que j'ai pu vivre avec mon père, enfant ou même adolescente. C'est le lieu de sa nouvelle vie; beaucoup de moulures dramatiques, un piano même si personne ne sait en jouer, des bibelots joyeux, des livres sur le yoga, Tiger Woods, la mort et les extraterrestres. Le seul repère que j'ai de notre vie de famille d'avant, ce sont les bibliothèques qui s'érigent haut contre les murs du salon, où il a rangé tous ses Christian Bobin, trop peu d'Annie Ernaux et une collection d'une centaine d'Isaac Asimov, tous usés à la corde, rangés par ordre alphabétique.

Entre deux encyclopédies bien épaisses, je mets la main sur un album photo qui date de 1994. J'ai donc 4 ans sur les clichés. Il y en a beaucoup, et je suis souvent là, tout sourire, faisant la pose. J'ai toujours eu besoin d'attention. Je tombe sur un cliché important de mon enfance : on est à Charlevoix en famille, on attend le traversier, il fait gros soleil et je me fouille dans le nez en souriant à la caméra. Je me rappelle que ma mère me répétait souvent de m'enlever le doigt de là, et que si je ne l'écoutais pas, elle allait montrer cette photo à mon futur chum. La menace n'était jamais assez épeurante pour que je l'écoute. L'idée qu'un garçon ne voudrait pas de moi à cause d'un index dans une narine ne me faisait pas un pli, j'avais 4 ans, je n'avais aucune idée de l'ampleur que prendrait le regard des hommes sur moi plus tard. C'était le bon temps. Je brandis le cliché pour que Rémi puisse admirer ma jeune révolte, il me dit :

— Même avec un doigt dans le nez, tu ressembles à un poème.

J'ai chaud d'amour, mais j'éteins quand même la clim parce que la température collante fait friser mes cheveux et que je trouve ça beau. J'ouvre un grüner veltliner que mon père a mis au froid pour notre arrivée et on s'installe sur la terrasse avant même de défaire nos valises ou de se choisir une chambre. On est trop pressés d'être un peu ivres et de vivre l'été ensemble, juste tous les deux, sous une lumière qui nous donne une idée bien claire de ce à quoi on pourrait ressembler, vieux et ensemble.

Les bouteilles de vin s'enchaînent, les grillades aussi, avec en trame de fond les voisins qui font un bain de minuit, les cigales bourgeoises et le ruisseau fatigué tout au bout du terrain. Les sujets importants aussi s'enchaînent; on parle de nos relations d'avant, je lui glisse un mot sur Paul, il est curieux, mais poli, il comprend surtout pourquoi j'aurais eu envie de vivre une telle aventure. Il me parle de sa mère, emportée par une leucémie fulgurante quand il n'avait que 10 ans, il n'en dit pas trop, mais juste assez. Il me raconte ça avec ses yeux surtout, je vois des étoiles dedans, c'est la première fois qu'il me montre ces larmes-là, plus fragiles.

On parle aussi de ce qu'on attend de notre amour nouveau : beaucoup de tendresse, beaucoup de mots, même ceux qui sont difficiles à prononcer ou à assumer, de longues phrases pour s'expliquer et exprimer comment on se sent en dedans, beaucoup de bon vin, beaucoup de sexualité (et moins quand on n'en a pas trop envie), beaucoup de vérité, de sentiments bruts. On veut les vraies affaires; le beau comme le laid, mais surtout, la possibilité de se regarder vieillir et de s'en aller quand il le faut. C'est un défi de taille, mais on a les nerfs du cœur solides.

En ouvrant une bouteille de chianti, on planifie notre deuxième journée de vacances. On ira flatter les alpagas après le déjeuner, puis on fera la tournée des petits villages qui ressemblent au Stars Hollow de *Gilmore Girls* les fenêtres baissées, de Brigham à Frelighsburg, en passant par Sutton jusqu'à Lac-Brome. On conclura l'après-midi avec une balade à vitesse petit V sur le chemin d'Iron Hill en faisant un crochet vers Bromont pour traverser le domaine du lac Gale et espionner les gens riches dans leur résidence secondaire avec vue sur le centre équestre. La musique sera bonne : Death Cab for Cutie (encore et toujours), Stars (*Your Ex-Lover Is Dead* en boucle), Bright Eyes, Sufjan Stevens (pour pleurer un peu), The Cranberries pour se dandiner cheveux au vent, Feist pour se tenir la main doucement.

Satisfaits de notre plan doux, on joue à un jeu. Chacun notre tour, on se fait écouter une chanson qui nous fait penser à l'autre. Je commence, je n'hésite pas une seconde, et les premières notes de *I'm in the Mood for Love* de Julie London résonnent. La musique se marie parfaitement à l'ambiance; la petite brise chaude qui donne la bonne sorte de frissons, le bruit de nos verres ballons qui se cognent, nos mains qui se retrouvent, nos bouches qui se touchent. Julie London dit : « *I'm not afraid.* »

Moi non plus. Pantoute.

Lui me surprend avec *Le monarque des Indes* de Pierre Lapointe. Il chante doucement par-dessus Pierre :

> « *Plus d'une semaine passée ensemble*
> *Je ne sais pas à quoi on ressemble*
> *Les heures qu'on a passées au lit*
> *Ont eu raison de notre ennui*
> *Et font qu'elle est plus belle la vie*

[...]
Je ne sais où on s'en va
Je me répète qu'il ne faut pas
Tenter de comprendre où mènent
Les histoires qui valent la peine »

Ça devient notre chanson.

Le dernier couplet nous berce jusque dans notre chambre, qu'on choisit au hasard, les yeux fermés, les lèvres qui se promènent partout sur nos corps à mesure qu'on avance à tâtons dans la maison. Un peu comme dans les films, quand les amants se déshabillent en déambulant maladroitement, mais plus gracieux. On prend notre temps, on prend des pauses, on s'applique, on profite. Quand Rémi glisse sa main sous ma jupe d'été, on se rend tous les deux compte que mon mal de ventre en voiture annonçait finalement l'arrivée de mes règles comme une surprise de canicule. Je me dégage de son étreinte, le sang monte aussi à mes joues, rouge vif de honte, d'inconfort, de culpabilité. Je me confonds en excuses avec la petite voix qui casse, j'éteins la musique, je m'écrase dans le divan, les genoux serrés, fâchée contre le *timing* de mon utérus.

Rémi s'installe à côté de moi sans rien dire, il embrasse mes paupières, mes tempes, et partout où ça veut dire « je t'aime ». Je pense tout de suite à Marguerite Duras, qui écrit, dans *L'amant*, mon « livre de vie » comme j'aime l'appeler :

« *Les baisers sur le corps font pleurer. On dirait qu'ils consolent.* »

Il me dit tout ce que je n'ai jamais entendu; que mon corps est beau dans tous ses états, que rien de ce que je suis ne pourrait le repousser,

La musique se marie parfaitement
à l'ambiance;

la petite brise chaude
qui donne la bonne sorte
de frissons,

le bruit de nos verres ballons qui se cognent,

nos mains
qui se retrouvent,

nos bouches
qui se touchent.

Julie London dit :
« *I'm not afraid.* »

Moi non plus.

Pantoute.

pas même du sang dans mes aines et entre mes cuisses. Il a envie de me faire l'amour comme ça, parce que c'est comme ça que mon corps se présente à lui dans le moment.

C'est la première fois qu'on me fait cette sorte de déclaration d'amour. La plus authentique qui soit je crois, jusqu'à maintenant du moins. Je lui réponds avec des larmes chaudes qui roulent sur mes joues maintenant roses, ce sont des larmes qui traduisent une joie difficile à contenir, un sentiment de sécurité, une attirance viscérale, comme si c'était la première fois de ma vie qu'on voulait me faire l'amour pour la femme que je suis, et rien d'autre.

Sur la terrasse d'un restaurant, à distance à pied de chez mon père, Rémi et moi on partage un plat de fondue parmesan réinventée, façon Granby. On sourit en mastiquant, lisant dans les pensées de l'autre; tout goûte bon quand on est ensemble. Une vieille amie du secondaire est assise à la table voisine, on lui pique une jasette pour être polis. Elle nous trouve beaux, elle est contente pour moi, que j'aie enfin trouvé l'amour, trop contente même, comme si mon long célibat n'avait été qu'une période d'attente douloureuse. Durant notre bref small talk, elle réussit à provoquer un autre malaise en me demandant :

— Pis, c'est pour bientôt, les enfants ?

Je réponds que non, sèchement, mais avec le sourire comme toujours. Parce que Rémi en a déjà une, et que moi, je n'en veux pas. Visiblement déçue par ma réponse, elle remet le nez dans son assiette et ne me salue même pas lorsqu'elle quitte sa table, une heure plus tard. Le reste de notre repas est plus silencieux, je suis dans ma tête. Pour la première fois de ma vie, je sens que ma réponse toute faite à cette question intrusive n'est peut-être plus aussi assumée qu'avant. Non, je ne veux pas d'enfant, mais de le dire comme ça, sans hésiter, spontanément et de manière aussi intransigeante, on dirait que ça sonne moins authentique que supposé. J'ai la toute petite impression que je ne dis pas totalement la vérité, que je prononce ces mots sans réellement y réfléchir, ou même y croire complètement. Ça me fait peur.

Alors qu'on marche vers la maison, la brise du soir chaud tempère nos nuques. Rémi et moi, on parle de ce nouveau sentiment qui m'habite. Dans l'intimité de notre lien, il se permet de me demander si parfois, je me surprends à reconsidérer mon choix, ou si ce choix est toujours aussi immuable. Alors qu'on croise un dépanneur de quartier et que nos visages sont éclairés par les néons multicolores d'une publicité de slush, je me demande si je me laisse l'espace nécessaire pour caresser la possibilité de changer d'idée.

Une fois couchés, Rémi s'endort tout de suite, alors que moi, je regarde le plafond avec un vertige assez violent pour me donner la nausée.

Et si j'en voulais, un enfant ?

MÈRES

Après un été de premières fois avec Rémi, un été calme et jouissif, je traverse l'automne dans une espèce de flou, ou une tempête, un blizzard hors saison. Je ne passe pas une minute de ma vie sans penser à la maternité. Chaque geste, chaque rencontre, chaque événement, chaque conversation me pousse à me demander : est-ce que je serai mère un jour ? Quand je me sens fatiguée, dépassée, je me demande : est-ce qu'avec un enfant, j'aurais l'énergie nécessaire pour tout accomplir, ou est-ce que mon corps, mon cœur et mon cerveau n'en auraient pas la force ? Quand je rencontre des mères qui semblent comblées, joues rosées, sourire dans les yeux, je me demande : est-ce que moi aussi, j'aurais l'air de ça ? Est-ce que l'ultime joie de ma vie de femme, ça serait mon enfant ? Est-ce que c'est l'amour maternel qui donne un aussi beau teint ? Moi aussi, je veux ce teint-là.

Quand je picosse dans des assiettes de fromages québécois avec mes amies, avec nos beaux vêtements, notre vin nature, notre Instagram, nos débats et nos déclarations d'amour, je me demande si la vie changerait drastiquement le jour où j'arriverais chez Violette avec un +1 qui sent le petit-lait mélangé à de la soupe Lipton. Peut-être aussi que le rouge léger goûte meilleur quand on est mère, que la sororité est encore plus puissante quand on est mère.

Dans le collectif *Nullipares* dirigé par Claire Legendre, le texte « Les entrailles légères » de Monique Proulx m'interpelle particulièrement. À plusieurs moments, j'ai l'impression qu'elle parle pour moi, qu'elle me donne une voix à travers la sienne. Je m'arrête longuement sur cette phrase toute simple, mais qui résonne en un écho puissant chez moi :

> « *Choisir, c'est sacrifier l'innombrable pour ne garder qu'un.* »

Elle met des mots sur la pression que je ressens, elle valide mon combat intérieur. Mon choix est important, pesant, c'est un sacrifice, finalement. Et il me force à lui donner toute mon attention.

Quand j'écoute les femmes autour de moi parler de leurs accouchements (parce que maintenant, dès que je le peux, je pose des questions, toutes les questions), elles me racontent des récits que je peine à croire. Des récits de douleur qui ressemblent presque à de la torture, des violences, des risques, des peurs, des doutes, du sang, des cicatrices, des larmes, mais aussi, tout autant de tendresse, de légèreté, de magie, de sorcellerie, d'amour qui ne se décrit même pas avec des mots. Pendue à leurs lèvres, j'écoute ces femmes se confier, parfois avec l'envie de les rejoindre tête première, d'autres fois avec la certitude que je n'aurai jamais de telles histoires à raconter.

Je change d'idée souvent. Plusieurs fois par jour, plusieurs fois par nuit. Je ressens une urgence que je suis incapable de rationaliser ni de dompter. Je veux savoir, et tout de suite. J'en perds mon souffle, je suis fatiguée, alors je me trouve une psy. À notre première séance, j'éclate en sanglots à « bonjour » parce que j'ai l'impression qu'on s'apprête à me chicaner, qu'on m'a envoyée chez la directrice. Je me sens toute petite, coupable, enfant, devant cette femme magnifique, grande comme moi si ce n'est pas plus, qui ne laisse percevoir aucune tendresse dans ses questions, mais qui réussit tout de même à me donner envie de lui parler. Son neutre me fascine. Je n'ai pas de neutre, moi. Je suis triste, contente, fâchée ou angoissée, c'est tout.

Je réussis à me calmer, je m'acharne à combler le silence que ma psy m'impose en parlant un peu de moi. C'est facile, ça, habituellement. Je lui confie que je culpabilise à l'idée d'avoir volé la place à quelqu'un qui aurait davantage besoin de faire de la thérapie, que je vais bien dans le fond, que je passe mon temps à m'analyser de toute façon, que j'en ai même fait une carrière. Je lui parle justement de mon travail, de la fin d'un projet, du début d'un autre, de mes sujets de prédilection : l'amour-propre, les hommes, l'amitié, les femmes. Je lui parle de Rémi, de la douceur qu'il y a entre nous, de l'amour qui ne s'essouffle pas même si la lune de miel est passée. Je lui parle de mon cœur, puis j'arrive rapidement à mon utérus, au bas de mon ventre, ce recoin de mon corps qui m'obsède depuis des mois et qui m'a guidée jusqu'à elle, dans ce décor IKEA aux multiples tons de crème. Je me lance : je ne sais pas si je veux un enfant. Je suis en plein milieu du chemin, entre le point où j'en veux sinon je meurs et le point où je n'en veux pas sinon je meurs. Je suis déchirée en deux, et ça ne me ressemble pas. Je ne suis pas une femme de nuances et je suis impatiente, je veux une réponse.

Ma psy me pose des questions sur mon rôle de belle-mère, un rôle que je n'attendais pas, que je ne souhaitais pas non plus, mais qui m'apprend beaucoup. Par contre, je n'ai pas envie de m'épancher trop longtemps sur le sujet, puisque je déteste qu'on compare mon potentiel rôle de mère à celui de belle-mère. Pour moi, les deux n'ont rien à voir entre le point où j'en veux sinon je meurs

et le point où je n'en veux pas sinon je meurs

je suis en plein milieu du chemin

entre le point où j'en veux sinon je meurs

et le point où je n'en veux pas sinon je meurs

ensemble. Cette enfant merveilleuse, je ne l'ai pas fabriquée, je ne me suis pas déchiqueté les entrailles pour la pousser hors de mon corps, je ne l'ai pas nourrie au sein, et elle est surtout la fierté, le projet, la prunelle des yeux d'une autre femme. Je n'ai rien à voir là-dedans. Le cœur n'est pas impliqué à la même place, et la nuance est importante. Si la maternité est aussi grandiose que tout le monde le prétend, il doit être impossible de la comparer avec quoi que ce soit d'autre.

Je me présente à dix séances de thérapie, et à chaque visite, c'est la même rengaine : je parle toute seule, je pleure un peu (cette impression d'être chez la directrice persiste), je demande des réponses et je n'en trouve pas. Je ne fais que vaciller entre mes doutes et mes désirs; au début de la séance, je ne veux pas d'enfant, au milieu, j'en veux un, à la fin, je ne sais plus. Je réussis néanmoins à mettre en mots une grande partie de ce qui me taraude face à cette décision, que je considère maintenant comme la plus importante de toutes. Je verbalise d'abord à ma psy cette impression récurrente que de choisir de devenir mère m'obligera à recommencer ma vie. Juste d'y penser, je suis fatiguée. J'aurais à entamer une existence tout entière où je ne serais plus le centre de mon univers. Évidemment, c'est beau de penser qu'on peut vivre plusieurs vies en une seule, qu'à presque 31 ans, je peux décider de tout chambouler, de réapprendre à me connaître à travers une nouvelle façon d'exister. Sauf que quand je réussis à me convaincre que j'ai la force de repartir à zéro, d'entamer une vie de mère, je me mets à paniquer à l'idée de devoir faire le deuil de ma solitude. La maternité s'emparerait de mon espace, de mon corps tout entier, de ma tête, de ma pensée d'autrice aussi. Je ne serais plus jamais seule, alors qu'être seule demeure à ce jour l'un de mes états les plus précieux.

Je suis aussi terrifiée à l'idée d'alimenter la culpabilité qui meuble mon quotidien en devenant mère. Déjà, ce sentiment prend beaucoup de place, tout le temps. Je me sens coupable d'en faire trop ou pas assez, coupable de m'haïr quand c'est la mode de s'aimer, coupable d'être SPM, coupable d'avoir besoin de plus quand je ne reçois pas assez, coupable d'être fatiguée, coupable d'être en thérapie, coupable de ne pas répondre à un texto, coupable de dire ce que je pense, coupable de pleurer, coupable de rire, coupable d'être révoltée, coupable d'être incapable de choisir quand d'autres n'ont pas le luxe de ce choix.

Je ne peux même pas imaginer les proportions que ma culpabilité pourrait prendre, avec un enfant à ma charge : me sentir coupable de boire du vin pendant ma grossesse, coupable d'accoucher avec une épidurale, coupable de ne pas ressentir d'amour foudroyant au premier contact, coupable de vouloir dormir, coupable de laisser mon bébé manger du sable, coupable de ne pas allaiter, coupable de crier, coupable d'avoir besoin d'un break, coupable de le laisser gosser avec un iPad, coupable d'avoir envie d'être seule, coupable de tout, à chaque minute de chaque jour, jusqu'à ma mort.

Les réflexions de Monique Proulx sur la non-maternité, dans *Nullipares*, ont l'effet d'un éveil supplémentaire, alors qu'elle écrit :

> « *Si j'avais pu être un père, j'aurais peut-être eu des enfants.* »

Si j'étais un homme, ma culpabilité serait tout autre, beaucoup moins paralysante probablement. Peut-être qu'être parent serait plus supportable pour moi si j'avais le luxe de vivre ma parentalité à travers les privilèges des pères, de bénéficier d'une distance qui me permettrait de respirer mieux, d'élever mon enfant au travers d'un amour un peu plus facile à contrôler peut-être. Mais en même temps, je sais d'avance que je serais jaloux, éternellement insatisfait de ne pas avoir porté, mis au monde, allaité. J'aurais certes les entrailles plus légères, mais je serais malheureux quand même. Pour d'autres raisons.

À ma onzième visite, je demande à ma psy si je peux me permettre de lui poser une question personnelle, une question qui, visiblement, m'empêche de progresser dans ma propre réflexion. Elle est surprise et elle hésite, ce n'est pas habituel ni professionnel, mais elle m'invite à me lancer tout en m'avertissant que peu importe ma question, et peu importe sa réponse, ça ne doit pas influencer notre relation psy-patiente. Je lui promets que j'en suis bien consciente, et je me lance parce que ça me démange. Je lui demande si elle, elle en a des enfants, si elle est mère. J'ai besoin de savoir à qui je m'adresse, j'ai besoin de savoir où elle se situe, quel chemin elle a pris, elle. J'ai espoir que nos séances seront plus efficaces, plus ancrées dans la vérité, dans le concret. Elle me répond qu'elle revient tout juste d'un congé de maternité, qu'elle en est à son « troisième coco ».

Aussitôt sa réponse prononcée, aussitôt le regret s'empare de moi. Trop de vérité, c'est comme pas assez finalement. Mais il est trop tard. Je souhaitais secrètement qu'elle soit passée par un chemin similaire au mien, et j'ai soudainement l'impression que nos rencontres sont vaines, qu'elle ne peut pas me comprendre, qu'elle aura toujours un camp, celui des mères, qu'elle me verra perpétuellement comme une jeune femme qui passera peut-être à côté de sa vie. J'ai le jugement facile, mais c'est que je me sens fragile sous le regard de certaines mères si assumées, si investies dans leur maternité et leur choix. Je prête des intentions à cette femme, j'en suis consciente; elle a une bonne poignée d'années d'université de plus que moi, c'est elle la professionnelle, c'est elle qui a raison, pas moi. En fait, je crois surtout que je m'invente une raison pour réévaluer ma façon de chercher des réponses. J'ai peut-être besoin d'un exutoire, d'arrêter d'y penser pour un moment, de me laisser du temps, d'arrêter d'être pressée. Je ne sais plus. Mais tout me rappelle que je ne sais toujours pas à quoi ma vie va ressembler, et ça m'empêche d'avancer.

Je termine la séance sans pleurer et je quitte son bureau, sachant déjà que je n'y retournerai pas.

Plus je décortique mon dilemme, plus j'en fais part à qui veut bien l'entendre. Avec la trentaine qui débute pour beaucoup de femmes qui m'entourent, les conversations et les confidences sur la maternité et la non-maternité se font de moins en moins rares, et ça fait un bien fou. Alors que je m'installe au bar de mon restaurant préféré, ballon de vin rouge, lumières tamisées, Sade comme ambiance musicale, je jase du seul sujet possible avec la barmaid. Elle est soulagée de constater qu'elle n'est pas seule à meubler ses journées avec la même réflexion : maintenant que j'ai passé le cap du 30 ans, est-ce que je vais avoir un enfant ? Nesrine me confie qu'on lui a toujours vendu la maternité comme la seule option pour sa vie de femme. Les adultes autour d'elle ont toujours été catégoriques; les enfants allaient faire partie de son décor, de son horizon et de ses plans, qu'elle décide de rester ici au Québec ou qu'elle rejoigne sa famille, restée en Tunisie. Sa mère ayant eu son premier enfant à 18 ans, Nesrine n'a remis en question cette trajectoire que tout récemment, grâce à des discussions avec des amies surtout, qui paniquaient elles aussi à l'idée de chambouler ce chemin. Devant le constat qu'elle peut finalement choisir, choisir une existence avec ou sans enfant, elle sent qu'on lui a menti toute sa vie, ou qu'on lui a caché un arc-en-ciel de possibilités. Elle est en colère, mais aussi, elle est soulagée. C'est beaucoup en même temps. Aujourd'hui, elle se permet de penser qu'elle n'a pas à être mère pour être complète et elle respire de mieux en mieux.

Moi aussi je suis en colère, pour d'autres raisons. Quand je regarde les femmes autour de moi, celles qui ont fait le choix d'être mères en plus de tout ce qu'elles sont déjà, je me surprends souvent à faire la liste des choses qu'elles tiennent à bout de bras, toutes seules. Ce qui revient au top de cette liste, c'est inévitablement la souffrance, la douleur physique des mères, des femmes en général aussi. Le champ de mines qu'est leur ventre, durant les règles, puis durant la grossesse, puis pendant l'accouchement, et longtemps après. Leur sexe et leurs entrailles déchirées, leurs mamelons au sang, leurs seins étrangers, la fatigue qui pèse tellement fort qu'elle coupe le souffle, qu'elle fait craquer les os et serrer les dents. Je pense au poids de la contraception, à ces femmes qui, même après trois, quatre enfants, se font refuser une petite vasectomie par leur partenaire, parce que leur précieuse masculinité passe par leur fertilité éternelle, parce que « ça va faire mal ». Ils ont peur de la douleur pendant que les femmes qu'ils aiment et qui leur donnent des enfants connaîtront la douleur toute leur vie durant, sans jamais se plaindre, parce que c'est comme ça, parce qu'elles sont habituées, parce que c'est la biologie, la vie, quoi.

Un plaidoyer poignant, dans la série culte anglaise *Fleabag* de Phoebe Waller-Bridge, m'accompagnera éternellement dans mes réflexions face aux femmes. Le personnage de Belinda, interprété par Kristin Scott Thomas, confie à Fleabag, dans un élan passionné qui me fait pleurer fort (de colère, de tristesse, de solidarité) à tout coup :

> « *Women are born with pain built in. It's our physical destiny. Period pains, sore boobs, childbirth. We carry it within ourselves throughout our lives. Men don't. They have to seek it out. They invent all these gods and demons and things so they can feel guilty about things, which is something we do very well on our own. Then they create wars so they can feel things and touch each other, and*

when there aren't any wars, they can play rugby. And we have it all going in here, inside. We have pain on a cycle for years and years and years. And then, just when you feel you are making peace with it all, what happens? The menopause comes! The fucking menopause comes and it is the most wonderful fucking thing in the world, and yes, your entire pelvic floor crumbles, and you get fucking hot and no one cares, but then you are free. No longer a slave, no longer a machine with parts. You're just a person. In business[3]. »

Ces mots, échangés entre deux gorgées de martini, d'une femme en colère à une autre, ont changé ma vie.

À ma droite, ma voisine de bar, dont la *date* Hinge ne s'est jamais pointée, ne peut s'empêcher de se joindre à la conversation. Elle se greffe à nos confidences avec une passion, ou une libération plutôt, qui traduit toute la retenue qu'on entretient habituellement face à ce sujet qui est, pour nous toutes, aussi bouleversant que nouveau. Comme Nesrine et moi, Patricia est fatiguée. Fatiguée de ne pas savoir, fatiguée de culpabiliser, fatiguée d'avoir peur de regretter, fatiguée de passer à côté de quelque chose, fatiguée de perdre son temps et de voir les années défiler sans que rien ne se précise vraiment. Parce qu'elle a toujours voulu un enfant. Contrairement à moi, Patricia prenait soin de ses poupées, les maternait, elle jouait à la mère pour que les journées passent plus vite. C'était son activité préférée. Mais avec la trentaine qui va vite, elle essaie de voir sa vie future autrement, sans enfant. Elle dit ça avec beaucoup de tristesse dans la voix, avec peu d'aplomb, les yeux dans une petite piscine d'eau qui menace de déborder. Ce qui la secoue le plus, c'est qu'elle a l'impression que son célibat l'empêche de réaliser son rêve d'être mère, que son choix repose malgré elle sur un homme qu'elle ne connaît pas encore, un étranger qui lui enlève tout son pouvoir. L'idée d'avoir un enfant seule a vite été écartée, elle n'en veut pas « à tout prix », elle veut vivre ça « à deux », elle s'accroche encore à la possibilité de rencontrer quelqu'un qui cochera assez de points dans sa liste de critères pour lui donner l'espoir de continuer à rêver à un ventre rebondi, des pyjamas doux et des seins pleins de lait. Son quotidien l'essouffle, il n'est qu'une suite de faux espoirs. Elle attend, elle cherche, elle abandonne, elle fait son deuil, puis soudain elle tombe amoureuse, elle a espoir, elle s'emballe… pour trop rapidement être ramenée sur terre, cœur et rêves brisés par une relation inachevée ou trop fragile. C'est un cycle qu'elle répète sans cesse, et elle est épuisée.

Son discours fait tremper mes yeux dans une piscine, moi aussi. Mon dilemme a la couleur d'une incertitude pure, mais au moins, il s'ancre dans la liberté, le privilège de pouvoir choisir. Ce constat me pousse à réfléchir tout croche, ou peut-être que c'est le vin. Je me demande si je dois profiter de cette chance que j'ai d'avoir le choix, si mes doutes ne sont qu'une insulte à mes Sœurs qui désirent plus que tout être mères, mais qui n'y arrivent pas pour toutes sortes de raisons injustes.

Si j'étais l'une d'entre elles, peut-être que je me détesterais, que je mépriserais cette façon que j'ai d'être déchirée, cette façon que j'ai de prendre mon temps, de changer d'idée et d'y consacrer un livre en entier.

Ma mère est picotée de la tête aux pieds. Ses taches de rousseur la définissent, il y a des surprises cachées à chaque recoin de sa peau. Comme beaucoup de femmes de sa génération, elle a consacré sa vie à ses deux enfants, sans jamais regarder en arrière, sans jamais se permettre de douter. Quand elle parle de son rôle de mère, c'est de tout son être qu'elle parle, et elle recommencerait cent fois pour revivre chaque accouchement, chaque éclat de rire, chaque crise, chaque nuit blanche. Il n'y a pas une once de regret quand elle pense à sa maternité. Cet amour fou pour son rôle de mère, il me bouscule.

Ma mère a appris à s'aimer grâce à une suite de petites révolutions. Alors qu'on allait bientôt quitter le nid, à la fin de l'adolescence, elle trouve la grande maison vide et sent les battements de son cœur ralentir, pour mon père, mais aussi pour le quotidien qu'elle s'était bâti. Elle nous annonce qu'elle veut partir. Je lui en veux pendant des années. Jusqu'à ce que je comprenne qu'elle s'était simplement choisie pour la première fois de sa vie. Depuis ce constat, mon admiration pour sa rébellion n'a pas de limite.

Je la trouve superpuissante. Elle n'arrête jamais de se remettre en question, elle analyse le rythme de son cœur souvent, elle réfléchit, s'assume, change d'idée, saute dans le vide. Elle m'a appris à être fière de mes émotions, à les célébrer, elle m'a appris à vivre dans la vérité pure, d'en faire mon arme secrète.

Dans *Sorcières : la puissance invaincue des femmes*, Mona Chollet rapporte le témoignage de Dianne tiré du livre *Families of Two*, de Laura Carroll. Ça me percute fort.

> « *Mon unique regret, c'est de savoir que personne ne pensera à moi comme je pense à ma mère.* »

C'est un regret que moi aussi j'anticipe. Personne ne m'aimera comme j'aime ma mère. Je ne serai jamais au sommet de la liste de quelqu'un quand ça va bien, quand ça va mal ou quand ça va ordinaire, je serai tout le temps deuxième. Ce n'est pas une affaire de besoin d'attention, c'est une affaire d'amour inconditionnel. Quand mes parents et mes sœurs

Personne

ne m'aimera
comme j'aime

ma mère.

ne seront plus autour de moi, cette sorte d'amour de sang, personne ne le ressentira pour moi. Ce n'est pas non plus l'idée de mourir seule qui me fait peur. De toute façon, je me vois vieillir dans le calme, avec un chien sur mes genoux noueux, les cheveux longs en tresse, dans ma petite chambre ou dans une grande maison vide. Ce n'est pas une vision qui m'effraie. Au contraire, je suis même rassurée à l'idée de ne pas imposer à mon enfant la responsabilité de s'occuper de moi à la fin de ma vie. Mais ce qui me donne mal au ventre aujourd'hui, c'est plutôt le deuil de cette admiration et de cette tendresse que j'ai pour ma mère et qui n'existeront jamais pour personne envers moi. Il y a tellement de gens qui ressentent toutes sortes de beaux sentiments envers la personne que je suis, surtout des amies, qui m'aiment comme des sœurs, mais ce lien mère-enfant, il me sera éternellement inconnu, et j'aurai l'impression, jusqu'à la fin de mes jours, de passer à côté d'une sorte de relation qui surpasserait toutes les autres. C'est gros de dire non à ça.

Ce qui me fascine, dans mon lien avec ma mère, c'est de constater, en vieillissant, que non seulement j'ai hérité de beaucoup de choses qui font d'elle elle, comme ses taches de rousseur, ses longues pattes, sa tête dure, son impatience et son hypersensibilité, mais que son legs le plus important pour moi réside dans sa façon de vouloir vivre sa vie. Sans demi-mesure, ma mère veut vivre dans la vérité. Elle veut à tout prix voir la vie comme elle est, sans filtre. Elle veut à tout prix voir le vrai visage des gens qu'elle aime, même si parfois c'est laid, décevant, dérangeant. C'est sa plus grande force, notre plus grande force, et le fait de me rendre à l'évidence que le legs de ce superpouvoir s'arrête à moi me donne l'impression que j'abandonne tout le travail de ma mère, et toute son identité aussi.

Et l'affaire qui gosse, c'est que je suis convaincue que je ferais une bonne mère.

Dans l'édition de décembre 2020 du *Harper's Magazine*, la scénariste et réalisatrice Lena Dunham signe un texte troublant intitulé *Giving Up On Motherhood*, où elle dit :

> « *The moment I lost my fertility I started searching for a baby*[4]. »

Je lis cet article en pleine canicule. Je viens de passer des mois à parler de maternité, à réfléchir sur la maternité, à échanger sur la maternité, à en tapisser ma vie au quotidien pour m'assurer d'être entourée de gens qui sont conscients du chemin que je suis en train de parcourir. À cet instant précis, alors que le papier glacé ramollit sous mes doigts humides, j'ai la vive impression que je suis plus que jamais seule dans ma réflexion, dans mon deuil de devenir un jour mère.

Chaque femme possède son propre récit, son propre voyage vers la maternité ou la non-maternité, par choix, comme moi, ou par fatalité, comme Dunham. Elle conclut son papier ainsi :

> « *The irony is that knowing I cannot have a child – my ability to accept that and move on – may be the only reason I deserve to be anyone's parent at all. I think I finally have something to teach somebody*[5]. »

Moi aussi, je pense que j'aurais des choses à dire, à enseigner, à offrir. Je suis fière de réfléchir à ce choix, fière de le faire aussi. J'ai peur, mais j'avance, je fais progresser ma pensée, je pèse le pour et le contre, j'obsède, j'écris un livre ! Pour être sûre et certaine que je fais le bon choix, pour être sûre et certaine que je choisis une vie qui me ressemble, et non une vie qui ressemble à celle des autres. Mon cœur et mon utérus ne sont assurément pas sur le pilote automatique. Mais étrangement, cette réflexion difficile, fatigante, me donne l'impression que j'aurais finalement beaucoup de choses à offrir à un enfant.

Je pourrais lui enseigner à décortiquer les émotions qui nous taraudent, surtout le soir en se couchant, quand les arbres craquent dehors et qu'on a notre journée dans le grand corps. Le pouvoir magique de la sensibilité aussi. Pleurer, c'est beau, pleurer, ça donne des réponses, pleurer ça fait parler.

Les douceurs de la solitude; les dimanches à se regarder le nombril, à cuisiner pas-de-recette, à danser dans le salon en écoutant une chanson triste de Marie-Jo Thério (*Fais-moi danser François Hébert* ou bien le classique *Café Robinson*), à réfléchir à ce qui nous rend heureuse-triste-nostalgique-euphorique, à en faire une longue liste dans un journal intime, à se rendre compte, légère, qu'on se connaît vraiment bien, enfin.

Je pourrais lui apprendre à écrire des poèmes au rythme des chocs électriques qui se bousculent dans le bas de son ventre, à mettre en mots tout ce qui est beau, tout ce qui est laid, tout ce qui se situe entre les deux.

Je pourrais lui apprendre à rire fort, à aimer les fleurs, à changer d'idée, à s'occuper de ses ami(e)s, à prendre soin de son corps et à le trouver fort.

Je pourrais lui apprendre la patience, l'art de faire des compliments polis aux étrangers dans l'autobus.

Je pense que je me trouverais belle, en maman. J'apprendrais à aimer les plis et les craques de mon corps, je tomberais en amour avec mon ventre, avec sa générosité comme sa résilience, ou peut-être que je m'haïrais, mais au moins je sais que j'essaierais de trouver des moyens pour être douce avec moi, pour m'accepter. Je m'achèterais des jeans avec un élastique à la taille, je m'arrangerais toujours pour être confortable, je ferais écouter du Taylor Swift à ma bedaine, je ferais pousser mon toupette parce que je sais que mon toupette, c'est le reflet de mes insécurités, c'est ma barrière contre le regard des autres sur mon visage. Et si j'étais mère, je voudrais m'aimer assez pour arrêter de me cacher. Je prendrais de longues marches et j'accueillerais avec joie les sourires des gens, parce qu'une femme enceinte avec les joues rouges et un beau pull, ça fait sourire les gens, c'est sûr. Je dormirais beaucoup, je me prendrais en photo toute nue, je me crémerais le corps en entier avec du beurre de karité, je me frotterais avec de l'huile à la rose, j'écrirais dans mon journal intime que j'ai chaud, mais que je suis heureuse. Peut-être que je voudrais accoucher dans le bain, peut-être pas, peut-être que je voudrais tout sentir, ou peut-être pas.

Je serais une bonne mère.

J'ai vu ça passer sur TikTok: des jeunes qui appartiennent à la génération Z écrivent des lettres aux enfants qu'ils n'auront jamais. Le rêve de vouloir être parent est beaucoup moins reluisant pour eux, il y a trop peu d'espoir pour le futur, et caresser l'idée d'avoir des enfants, c'est devenu plus terrifiant qu'excitant. Je les comprends.

Souvent, quand j'essaie de me convaincre que je fais le bon choix de ne pas vouloir d'enfant, je me rassure en me disant que même si la santé de la planète dégringole, au moins, je n'aurai pas à m'en faire pour le futur de ma progéniture, moi. Ma culpabilité face au sort de la planète est apaisée quand je me rends compte qu'après ma mort, si la Terre explose, je n'aurai laissé personne derrière dans une agonie de fin du monde. C'est égoïste, mais ça me fait un grand bien de penser comme ça. Alors quand j'obsède sur l'idée que je serais une mère heureuse et adéquate, je pense aux glaciers qui fondent, aux forêts en feu et aux gorilles qui meurent, et je réussis à mieux dormir la nuit.

L'enfant que j'aurai, ou que je n'aurai pas, il a un nom; Romance.

J'ai 31 ans. Mon toupette est fraîchement trimé, je suis de bonne humeur. Je suis invitée à venir présenter la troisième saison de ma série *Fourchette* sur le plateau d'une émission quotidienne. Une saison qui parle justement de cette quête identitaire : celle de devenir mère, ou vraiment pas. Je suis installée dans un fauteuil en cuir, isolée des autres invités, et l'animateur, un fier père de famille, m'interroge sur ma réflexion et s'intéresse surtout à la ligature tubaire que subit mon personnage au tout premier épisode. Je lui explique que mon désir de raconter l'histoire d'une jeune femme qui ne veut pas d'enfant est directement lié à ce qui m'habite personnellement depuis le début de ma trentaine et que j'ai eu envie d'explorer les extrêmes avec une telle procédure pour démontrer qu'encore aujourd'hui, les femmes sont jugées inaptes à prendre des décisions pour leur propre corps. Et son intervention me le confirme; tout de suite, il se risque à me poser une question qui lui enflamme les lèvres, sous prétexte de vouloir se faire « l'avocat du diable » :

> — Trente et un ans, c'est pas un peu jeune pour savoir qu'on ne veut pas d'enfant ?

La caméra braquée sur mon visage capte parfaitement mon malaise alors qu'il lance sa question avec désinvolture et assurance, sachant pertinemment qu'il n'est pas le seul, sur ce plateau composé d'une poignée d'invités plus ou moins connus et d'un mince public, à ressentir un certain scepticisme à entendre parler une jeune femme de non-maternité avec autant d'intransigeance. On voit tout de suite dans mon petit rire et mes yeux qui roulent que je ne suis plus du tout de bonne humeur, beau toupette ou pas. On voit aussi de la fatigue dans mes traits, comme si j'étais déjà épuisée à l'idée de devoir m'expliquer, me défendre, tout ça avec une éloquence impeccable parce que je n'aurai pas droit à l'erreur. Je sais que j'aurai à parler vite, à enchaîner les mots à un rythme qui ne donnera l'occasion à personne de me couper la parole, et qu'on ne m'écoutera qu'à moitié, parce que mon discours rend mal à l'aise ceux qui ne peuvent imaginer leur vie sans le bonheur que leur procurent leurs enfants, ceux qui ne peuvent accepter qu'une femme ne soit pas mère par choix.

Durant la conversation, où j'échange avec trois des invités, des hommes, qui se permettent d'avoir une opinion sur ma démarche, je profite d'un répit quand deux autres invitées, des femmes, prennent le relais en offrant des témoignages personnels qui confirment et nourrissent mon propos. L'une confie être tout aussi agacée que moi de se faire demander, à l'aube de sa trentaine, si elle planifie d'avoir des enfants bientôt, et l'autre, qui est psychologue, ramène nos interlocuteurs à l'essentiel : la décision d'une femme d'être mère, ce n'est pas de vos affaires, messieurs.

Ce qui me fascine, en revisionnant cette entrevue, c'est de constater que notre conversation divise de manière aussi décevante et primaire; les femmes d'un bord, les hommes de l'autre. La bienveillance et la solidarité des deux invitées ont l'effet d'un bouclier sur moi, alors que les autres s'obstinent à mettre en doute les états d'âme de nos utérus avec une aisance qui me terrifie. Tout ça en direct à la télévision. En 2021.

En quittant ce plateau, la rage au ventre, je me dis que je ne veux pas d'enfant en partie parce que c'est un geste militant. Une femme qui n'est pas mère, ça dérange, et j'ai envie de déranger pour servir d'exemple à celles qui n'osent pas encore s'assumer, se déculpabiliser, se libérer même. J'ai envie de déranger pour qu'un jour on nous crisse la paix.

L’enfant que j’aurai,
ou que je n’aurai pas,
il a un nom;

Romance

PRATIQUER LA DOUCEUR PARTIE 2

L'été est fucking doux. Rémi et moi on est à Kamouraska pour la semaine, il fait beau une journée sur deux et c'est correct comme ça. On alterne entre l'euphorie du soleil salin et le calme des nuages denses. Les amis vont et viennent dans notre maison jaune, les moustiques ne nous fâchent même pas, on collationne de la salicorne, on laisse nos cellulaires dans nos chambres, on se prend en photo avec une caméra pellicule, on se lève tôt, mais on déjeune longtemps, on discute d'amour, de fleurs, de marées et de ce qu'on va manger ce soir.

Six adultes étendus sur une roche, les pieds dans les épinards de mer, les algues séchées et les crustacés agités, l'horloge qui indique toujours l'apéro, la peau chauffée par le sel. La vie est lente. On n'a pas d'enfant. On a la liberté d'avoir du temps. Le silence confortable de nos vacances nous permet de nous rendre compte de la chance qu'on a de n'avoir rien à faire ni personne à surveiller. Mais je sais bien que cet état est éphémère. Dans le groupe, deux de mes amies veulent des enfants. C'est une certitude tranquille, pour elles. Elles n'y pensent pas vraiment, elles font juste attendre le bon moment ou le bel accident. Alors je profite encore plus, sachant que tout peut basculer vers quelque chose de beau, mais de différent.

J'aurai un autre deuil à faire. Celui de laisser aller cette façon si naturelle et spontanée de nous rassembler sans jamais avoir une réelle bonne raison, sauf peut-être celle d'avoir envie de se voir sourire. En tant que nullipare, mes priorités ne risquent pas de bouger, et mes amitiés continueront de triompher fort parmi les choses à faire, les projets à accomplir, le vin à boire, les vacances à organiser. Toute ma vie, j'aurai tout mon temps pour elles. Mais je dois maintenant m'attendre à attendre après elles.

Quand je les imagine mères, je me mets à avoir hâte à de nouvelles choses. De nouvelles choses déstabilisantes pour mon corps de nullipare, mais surtout, de nouvelles choses grandioses qui transformeront à jamais mon regard sur elles. J'attends impatiemment leurs récits d'accouchement, racontés dans les moindres détails, j'attends mes questions délicates, mes yeux mouillés, la colère qui monte en moi quand l'histoire relate la douleur, l'impuissance et la panique, mais aussi la fierté immense de constater la force guerrière de leurs corps. J'attends le moment où, épuisées, elles me tendront leurs poupons, avec la certitude que je les aimerai avec la loyauté et la douceur d'une fée marraine. J'attends les moments de grâce, à la table de cuisine, au centre d'achat, dans un parc ou dans la chambre, alors qu'on prendra le temps d'apprécier la trame sonore d'un allaitement, bouche à sein, la faim qui se calme à chaque gorgée. J'attends les pleurs, les crises, les soupirs, prête à prendre le relais, à rassurer, à écouter, parce que j'aurai dormi plus d'heures en une nuit qu'elles en une semaine entière. Pour elles, je serai toujours *top shape*. Ça me rassure d'énumérer les choses que j'aurai à accomplir en parallèle de leurs vies de mères. Je me crée un rôle, celui de l'amie sans enfant qui a du temps.

Elles seront mères toute leur vie, elles ne reculeront pas, elles seront engagées dans cette aventure jusque sur leur lit de mort. C'est un vertige que je suis rassurée d'éviter, ce sentiment m'aide à façonner mon choix, ce n'est peut-être pas pour moi. Cette notion de permanence m'étouffe juste à y penser, puisque je me sais trop anxieuse pour vivre ma vie tranquillement tout en ayant constamment peur que l'être que j'aime le plus profondément souffre un jour ou l'autre. Je ne connais pas cet amour inconditionnel, donc je n'ai pas cette force. Quand je réfléchis à ce qui est définitif dans ma vie, je fais une courte liste :

1. Mes tatouages sur les doigts (que j'essaie de continuer d'assumer malgré les années, mais je trouve ça tough).
2. Mon anxiété (ma BFF depuis les couches).
3. Mes taches de rousseur (j'en voudrais plus, toujours plus).

C'est tout. Est-ce que j'ai vraiment besoin d'intégrer de la permanence dans ma vie pour être heureuse, pour me sentir en sécurité ? Je ne pense pas. Je fuis ce qui peut être indélébile, peut-être parce que j'aime trop changer d'idée, parce que ce côté girouette me définit.

Il est 16 h et on s'est déjà enfilé plusieurs bouteilles de Pet Nat; deux oranges, un rosé et un autre d'une couleur floue mais délicieuse. Le soleil tape fort et le vent est étonnamment calme. La marée baisse à vue d'œil et la vie s'anime dans les flaques d'eau salée qui s'accrochent à la rive. Rémi me propose d'aller prendre une marche, de se mettre les pieds dans la boue, de se dégourdir un peu avant d'ouvrir le vin rouge et les huîtres. On saute d'une roche à l'autre, on invente des vies aux résidents sur la rive, je m'enfarge dans une algue coquine, Rémi m'aide à me relever en riant, je lui fais remarquer qu'il a un coup de soleil sur le nez, on continue notre balade jusqu'à ce que nos ami(e)s aient la taille de fourmis loin devant. Et puis tout d'un coup, les yeux de Rémi se mettent à briller, pas à cause du ciel, mais pour quelque chose de plus humain. Sa voix aussi change, elle est plus fragile, pas sérieuse, juste moins vacancière.

— Sarah, tu nous vois comment, toi, quand on sera vieux?

Il sait que j'aime me projeter, faire des plans, anticiper, imaginer la vie avant qu'elle vienne.

— Je m'imagine avec une longue tresse grise et des bottes de pluie quatre saisons. Dans une maison de campagne, bercée par le son des cigales. Avec toi. T'aurais un café à quelques coins de rue, tu te lèverais tôt, très tôt, tous les matins, et ça te rendrait heureux parce que tu aurais tout le temps hâte de jaser avec les gens. J'aimerais vraiment qu'on soit encore amoureux l'un de l'autre, qu'on fasse encore l'amour même si nos corps deviennent weird. C'est peut-être une utopie, mais là, en ce moment, j'ai envie de nous voir comme ça.

Rémi m'offre un sourire que je n'ai encore jamais vu. Il m'embrasse différemment aussi, tout est nouveau dans ce court moment. Il enfonce une main dans la poche de son maillot de bain, et en sort une petite boîte noire. Le loquet en or brille sous les rayons du soleil et fait danser des reflets scintillants sur nous alors qu'il hésite à se mettre à genoux. Il opte pour un entre-deux qui me fait éclater de rire et pleurer de joie en même temps. Il me dit en un souffle:

— Voudrais-tu être ma femme, s'cuse, j'hésitais à me mettre à genoux j'ai peur d'être quétaine, je t'aime définitivement.

C'est exactement ce qu'il a dit, mais sur le coup, je n'ai rien entendu.

Je me suis contentée de recouvrir son visage salé de baisers en me répétant, dans ma tête, que je me sentais entièrement moi, là devant lui. Je sentais que ce moment extraordinaire avait tout le sens du monde, et qu'il était, finalement, d'une rare simplicité. Je vivais un instant vrai, le genre d'instant, avec un homme, un amoureux, qui m'avait semblé jusque-là impossible à vivre dans ce genre d'authenticité.

L'amour pour toujours, avec Rémi, c'est une belle fausse promesse que je suis prête à faire. Que ce soit vain ou que je me surprenne à être heureuse aussi longtemps avec lui, j'ai envie de me dire que j'ai le droit d'aimer et d'être aimée si fort que le temps n'est plus un obstacle, ou du moins, qu'il n'est plus une variable qui m'empêche de lui répondre :

— OK, oui, on le fait, go, moi aussi je t'aime définitivement.

On se serre fort. Notre étreinte est spéciale, elle est apaisante, elle veut dire qu'on se fait confiance. Au loin, nos fourmis d'ami(e)s sautent de joie et s'éclaboussent dans la marée basse, boue jusqu'aux genoux. Cette fois-ci, on saute d'une roche à l'autre pour les rejoindre et s'affaler dans leurs bras grands ouverts pour réaliser l'étendue de l'amour qu'il y a entre nous tous. Au rythme d'un mariachi qui passait par là par le plus beau des hasards, épuisés par trop de tendresse, on boit notre bouteille de rouge en se partageant des mots d'amour et d'amitié qui veulent dire que c'est beau, ce qu'on vit.

Les yeux vers l'horizon bleu-gris, une émeraude vert forêt au doigt qui tremble, la couette dans la brise, les lèvres imbibées de gamay léger, je réfléchis avec fierté à notre façon de vouloir s'aimer.

Je pense que je veux me marier pour compenser.

Ça sonne tout sauf romantique, mais ça l'est beaucoup pourtant. Je ne serai peut-être pas mère, mais je serai aimée longtemps. Je suis bien consciente du fait que ce ne sont pas là des équivalents, mais plutôt des façons différentes de voir la vie qui s'étend devant moi, d'en appréhender les soubresauts. Je me crée une famille autrement et ça m'apaise de m'unir à Rémi d'une manière moins permanente qu'à travers la parentalité. Moins permanente, mais davantage axée sur la romance.

Et comme ça, je sens que je protège ma liberté.

L'idée d'être en couple très longtemps me fait moins peur quand il n'y a pas d'enfant dans l'équation, parce que je peux m'en aller quand je veux, dans le fond, et même chose pour lui. On aura des projets, mais on ne sera pas parents ensemble, et j'ai l'impression que c'est ce qui va nous sauver ou nous faire gagner du temps, et surtout nous offrir une autre sorte de vie, une vie qui nous empêchera peut-être de tomber dans une fusion qui nous tuerait à petit ou moyen feu. Je ne veux pas « partager » ma vie avec lui, je veux la vivre au complet, à côté de lui. Ce qui nous lie, c'est plutôt notre simple volonté d'être ensemble, pour le plaisir, la tendresse, les apéros, les nuits collés, les saisons, la sexualité, les journées ordinaires, les complicités quotidiennes. On peut se faire la promesse de s'aimer jusqu'à ce qu'on ne s'aime plus, de se laisser aller quand les papillons cesseront de battre des ailes. C'est rassurant pour une femme comme moi qui n'a jamais vraiment cru à l'amour-jusqu'à-la-mort. J'ai envie de me marier avec l'homme que j'aime tout en assumant que ça ne sera pas nécessairement synonyme d'éternité, même si la définition même du mariage est entièrement contradictoire avec ce souhait, et même si ça fait de moi un ovni. Encore.

On peut se faire la promesse
de s'aimer jusqu'à ce
qu'on ne s'aime plus,

de se laisser aller quand
les papillons cesseront
de battre des ailes.

J'ai toujours l'impression que mes choix différents me transforment en extraterrestre. Mais une extraterrestre fière.

Alors que mon amie Violette vit une peine d'amour difficile, ou plutôt une transition affective, je l'héberge chez moi, dans mon petit 4 et demie de Villeray, le temps qu'elle fasse le ménage du printemps dans son cœur. Je lui cuisine des salades, des pâtes à tout, je lui fais du café, des smoothies, je commande du St-Hubert, on se serre souvent dans nos bras, je lui fais couler des bains, je lui prête mes petits produits qui sentent la forêt, on discute autant qu'on reste en silence. Et on regarde des films, en sardines dans mon lit de lin, mon chat qui accroche ses griffes dans les mailles de nos laines en se faufilant entre nous, au chaud.

Un soir, on s'excite à l'idée de visionner, pour la millième fois, *The Notebook*, ce drame romantique culte qui nous avait tant fait rêver à l'amour fou, au début des années 2000. À mon souvenir, l'histoire de Noah et Allie était tout ce que j'aurais pu souhaiter vivre : des sentiments foudroyants, une attirance si intense qu'elle en est incontrôlable, un amour si puissant qu'il devient inévitablement douloureux, invivable. Durant notre visionnement, on retrouve avec nostalgie la mâchoire aiguisée d'un Ryan Gosling à peine pubère, le rire magnétique de Rachel McAdams et la fameuse scène de plage où elle crie à son amant qu'elle voudrait tant être un oiseau. C'est d'abord satisfaisant comme activité.

Puis, plus le film progresse, plus je me rends compte que cette romance qui a tant marqué mon adolescence est complètement ridicule et qu'elle n'a surtout rien à voir avec ce que je trouve si beau de la vie à deux, aujourd'hui. Cette utopie du grand amour qui ne meurt que si on meurt avec lui, je n'y crois pas, et je n'y rêve même pas. La promesse d'une vie conjugale éternelle est, selon moi, impossible à honorer. Et c'est correct comme ça, je ne me sens pas moins capable d'être follement amoureuse, marquée à vie par une romance, propulsée haut dans le ciel par un baiser, une soirée, une relation. Ce qu'il y a de si précieux dans une histoire d'amour, une vraie, c'est notre capacité à partir quand il le faut, c'est notre lucidité face aux sentiments qui s'estompent, face au beau grand bateau que les *Notebook* de ce monde nous montent, sans nous avertir que c'est en réalité une impasse, un mensonge. Ces histoires de mon adolescence n'ont fait que me montrer une façon d'aimer qui est impossible à reproduire. Donc au lieu de voir mes relations amoureuses comme des échecs, il me faut plutôt en redéfinir les paramètres.

Des hommes de ma vie, il y en a eu, il y en a un plus grand que nature maintenant et il y en aura peut-être d'autres, même si cette éventualité me donne la nausée. Tout est possible, je ne peux pas prédire l'avenir, et c'est fort probablement mon idée la moins romantique. Mais je sais que la pluralité de mes romances, tout comme la possibilité que celle que je vis tout entière en ce moment s'étiole, n'est pas une défaite ni une trahison envers celui que j'aime. Elle est plutôt la preuve concrète que je veux vivre une vie de vérité, d'évolution, de transformation surtout. J'ai envie de chérir le début de mes histoires d'amour tout autant que leur fin, de ne pas snober les hommes qui ont contribué à faire de moi la femme que je suis aujourd'hui.

Peut-être que je vais mourir enlacée au corps osseux et malade de Rémi, comme Noah et Allie à la fin du film. Peut-être qu'on va réussir à vivre côte à côte jusqu'à ce que nos cheveux blanchissent, que nos visages se fripent. Ce serait beau, et c'est surtout assez doux à imaginer avec lui, puisque c'est lui. Mais ce n'est pas une certitude ni une volonté ferme. Je vais travailler sur nous, jardiner notre lien, mais ne jamais m'acharner. Parce que la vie est trop belle pour aimer à moitié. Je mérite mieux. Il mérite mieux.

Ce qui me donne envie de vieillir à côté de Rémi, c'est de savoir que ce n'est pas nécessairement la fin de ma vie affective. C'est notre façon de vouloir nous aimer ici et maintenant, et c'est tout. C'est déjà beaucoup. Et il y aura du travail à faire, un jardin à arroser et à désherber, de la thérapie à mettre à l'agenda, des remises en question à affronter, des mots difficiles à s'échanger. Surtout, il ne faudra jamais perdre de vue que notre couple ne peut pas être notre unique source de sécurité et de tendresse. J'aime trop l'amour pour aimer mal ou de manière paresseuse. Quand l'angle de son nez et les taches de rousseur qui se mêlent à ses pattes d'oie ne me feront plus l'effet d'un manège qui fait des vrilles dans le bas de mon ventre, quand l'idée de le voir déboucher une bouteille de rouge léger ne me donnera plus envie de faire l'amour avec lui, quand sa manière de me demander si je veux un câlin, une joke ou un cunni pour me remonter le moral ou apaiser mon SPM ne me donnera plus envie de pleurer de bonheur, je me permettrai d'arrêter le temps un moment pour nous laisser la liberté de nous surprendre autrement, de nous inventer de nouvelles façons de nous séduire, et de nous demander si on a le feu assez brûlant pour continuer.

J'ai envie de travailler fort pour honorer cette façon d'aimer, parce que j'ai l'impression qu'on oublie trop souvent qu'être en couple, c'est se triper dessus, peu importe combien de temps cette euphorie peut bien durer. Mais on s'obstine à miser sur la longévité de nos histoires plutôt que sur leur potentiel romantique parce que c'est bien vu, que ça sonne sérieux dans une conversation, que ça inspire l'envie, le respect même. C'est plus glorieux de se donner des médailles à chaque dizaine d'années passées ensemble que de se quitter quand ça ne fonctionne plus, quand on désire quelqu'un d'autre ou quand on a besoin de liberté.

Et encore une fois, la solitude, surtout celle des femmes, est vue comme une défaite, et le couple, lui, comme la seule manière d'être heureux, d'avoir réussi, de faire partie d'une société qui se tient.

Des fois, je m'en veux d'être tombée amoureuse de Rémi. Parce que je l'aime d'un amour qui me donne envie de croire en la même chose que tout le monde, en une complicité qui traverse les époques et les épreuves. Il me donne envie de fermer les yeux sur ce que je pense vraiment – que la conjugalité comme je la connais est un frein à certaines de mes valeurs les plus profondes, à un réel bien-être qui me fera écrire et me transformer. Quand je vois dans ses yeux des possibilités de papillons pour la vie, j'ai peur d'être ramenée à la réalité plus vite que je le voudrais, j'ai peur d'avoir raison.

Je ne peux donc jamais vraiment aimer en toute tranquillité. Ça vient trop ébranler mes petites luttes, et ça fait de moi une femme pleine de contradictions. Mais c'est sûrement pour ça qu'il m'aime, dans le fond.

MÈRES
PARTIE 2

Ma grand-mère maternelle, qui porte le nom d'une fête en hiver, a eu dix enfants. Dix enfants qu'elle a élevés toute seule, par choix. Par dix fois, elle s'est déchiré le corps, par dix fois, elle a défié les règles, par dix fois, elle a tenu son pari de réussir sans l'aide d'un homme, qu'elle aimerait à moitié ou pas pantoute, de toute façon.

C'était une femme étrange dans le bon sens, une femme seule dans le bon sens. Ma sorte de femme préférée, dans le fond. Elle habitait dans une maison en briques sur le bord d'un lac à pédalos, elle avait un grand jardin plein de mauvaises herbes et de sauterelles, une piscine creusée toujours bien frette, deux bichons frisés (un vieux, un laid), un meilleur ami de 102 ans qui squattait son sous-sol, des brosses à cheveux en or, un coussin rose autour de sa cuvette, des pots de jelly beans cachés dans toutes les pièces. Elle nous cuisinait sa spécialité à chaque visite : un sandwich à la salade (deux tranches de pain toastées, feuilles de salade, sel, poivre, pif, pouf), elle nous traînait à des matchs des Expos, elle gueulait après les joueurs debout sur son banc, elle lâchait des fiouses une fois de temps en temps sans en faire un cas, elle était élégante, elle buvait du scotch, elle riait fort jusqu'à en brailler une shot, elle tripait sur Jean-René Dufort, elle avait une petite jambe et une grosse jambe, elle refusait qu'on l'appelle grand-maman. C'était Noëlla.

Noëlla a décidé de mourir plus vite que prévu parce qu'elle refusait de renoncer à sa liberté.

À 72 ans, elle se fait diagnostiquer une maladie des reins. Pour survivre, elle est forcée de se brancher à une machine de dialyse plusieurs fois par jour pour le restant de sa vie. Sans même prendre le temps d'y réfléchir, elle refuse tout traitement et meurt quelques semaines plus tard, dans son lit, dans sa maison, avec ses bichons frisés, le sentiment du devoir accompli accroché à son dernier sourire. Elle préférait s'en aller que de vivre à moitié.

Je me souhaite une vie comme la sienne.

Une vie où je suis maîtresse de mon destin, où je fais des choix pour moi, où mon indépendance est la clé de mon bonheur, où des fois je suis égoïste et entièrement libre. Une vie où les heures dans ma journée sont longues et gracieuses, bien remplies et complètement vides à la fois, meublées de silences, de calme, mais aussi d'un chaos que j'aurai choisi. Des heures à écrire, à faire l'amour, à réconforter mes amies, à cuisiner, à boire du vin, à regarder le vide avec le sourire, à pleurer pour ce qui est triste et ce qui est beau aussi.

Je me souhaite une vie différente, pleine de petites révolutions, de grands sentiments qui me coupent le souffle, de sommeil profond, de cunnis généreux, de matins interminables. Quand je m'imagine vieillir, je m'imagine seule, mon corps scintillant comme un soleil.

Je me souhaite une vie comme celle-là, au risque de mourir trop vite comme Noëlla.

Je vais travailler à réinventer ma vocation de femme, à me sauver de l'ordinaire, de ce qui est attendu de moi et de mon corps. Je vais plutôt faire la romance; écrire pour mieux respirer, danser au lieu de marcher, pleurer pour tout ressentir, faire l'amour quand ça me chante, jouir et aimer juste quand c'est pour de vrai, me révolter même si je suis fatiguée, me marier puis peut-être changer d'idée, m'émerveiller devant la polyvalence de mon ventre. Je vais plutôt faire la romance.

Si Noëlla avait eu le choix, peut-être qu'elle n'aurait jamais eu d'enfant.

C'est l'hiver, tout le monde est un peu endormi sous les couches de neige et les nuages lourds. La vie est lente. J'ai 32 ans.

J'ai déménagé en campagne. Rémi et moi, on a acheté une vieille maison, elle est blanche, elle me fait un peu penser à celle que Noah a construite pour Allie, mais en plus modeste. On ne connaît rien, on ne sait ni tondre le gazon ni corder du bois ni poser un cadre, mais on a du bon vin, des envies d'air frais et la patience nécessaire pour regarder pousser tout ce qui voudra bien prendre sa place sur nos deux acres de terrain. Les planchers craquent juste assez, les moulures font champêtre, les pivoines promettent de fleurir au printemps, le toit de tôle fait de la musique quand il pleut, et plus important que tout, on y fait chambre à part. C'est encore la lune de miel entre Rémi et moi, le temps passe, la douceur persiste et notre précieuse solitude se hisse au sommet de notre liste de priorités, même si c'est contradictoire avec cette étape importante de notre histoire. Cette cohabitation est empreinte de joie et d'excitation, mais la fusion de nos espaces nous effraie tous les deux. On a vu tant de couples se perdre dans le quotidien, s'essouffler dans la routine et dans les-choses-qu'on-doit-faire-quand-on-est-amoureux, comme se regarder vivre à chaque minute ou partager nos nuits et nos matins en oubliant qu'on a le droit d'exister sans que l'autre nous regarde respirer. La solitude que j'ai tant chérie et façonnée ne peut tout simplement pas disparaître juste parce que j'ai envie de concrétiser des projets avec Rémi, ce serait me mentir, me trahir, me faire violence et, surtout, accélérer le désamour.

Ma chambre de campagne accueille mes moments de vérité, j'y dors, j'y écris beaucoup, et souvent, j'y invite Rémi, pour une sieste ou une nuit complète, pour faire l'amour ou pour discuter. De choses sérieuses comme de ce que je devrais porter pour la soirée. C'est un lieu où je contrôle le rythme de mes journées, où j'ai le droit de tout faire, avec le sourire ou pas, et où je peux accueillir mes amies quand elles ont besoin d'un nouvel oreiller pour mieux réfléchir, de mon corps comme grande cuillère, de la discrétion de mes quatre murs à moi. Trop souvent, la vie conjugale met à mal les amitiés féminines, comme si ces liens de sororité n'existaient qu'en attendant d'offrir tout ce temps et cette énergie à une douce moitié. Mais je refuse de sacrifier ces liens si précieusement tissés. Ce n'est pas parce que je suis amoureuse d'un homme qu'elles vont perdre leur place à mes côtés. Cette chambre, cette façon de repenser la conjugalité, c'est un geste romantique envers moi d'abord, puis envers Rémi, mais c'est aussi une promesse à mes amies.

Notre maison m'inspire une vie d'adulte différente. Je sens qu'en été, la porte sera souvent ouverte pour faire entrer la brise, les papillons de nuit et les ami(e)s. Pour l'instant, décembre fait crépiter un feu dans le foyer. Au salon, affalée dans un fauteuil de tweed vert comme celui des conifères qui s'étirent fiers à travers la fenêtre, ma sœur allaite son fils. Je les regarde comme si j'étais au musée, devant la plus belle œuvre jamais créée. Je me sens aussi éblouie qu'en sécurité.

Un an plus tôt jour pour jour, ma sœur m'envoyait un texto alors qu'elle était en Floride, m'avertissant à l'avance que la photo qui allait suivre me ferait tomber en bas de mes deux longues jambes. Je m'attendais à un cliché d'elle avec Lisa Hochstein de *The Real Housewives of Miami* ou n'importe quelle autre futilité de vacances au soleil, mais elle m'avait plutôt envoyé la photo d'un test de grossesse positif.

J'avais rapidement perdu toute sensation dans mes avant-bras, un classique. J'étais terrifiée. J'allais perdre ma sœur, elle allait devenir mère. Ce qui aurait dû être un moment de bonheur empreint d'euphorie s'était rapidement transformé en une panique qui me ramenait à notre dynamique fraternelle puissante, mais évidemment imparfaite, où mon besoin d'attention prenait beaucoup (trop) de place.

J'ai toujours voulu beaucoup d'attention. Comme enfant, puis comme adulte, j'ai toujours carburé à la performance, j'aime qu'on me laisse beaucoup de lumière. En vieillissant, j'aime croire que j'utilise ce besoin d'être regardée d'une manière plus saine, ou plus productive du moins. Ma sœur Andréane est tout le contraire, elle a toujours préféré que les rayons de soleil qu'on tentait de projeter sur elle fassent des ricochets sur moi. Elle a toujours voulu me voir scintiller fort, et c'est elle qui m'a appris la sororité comme je la connais aujourd'hui : le lustre des femmes autour n'enlève rien au nôtre. Elle n'était pas jalouse des regards posés sur moi, au contraire, elle était celle qui encourageait tout le monde à m'accorder l'attention que je quémandais. Elle préfère une vie plus lente dans le confort d'un éclairage tamisé, dans un coin d'ombre qui protège des brûlures d'un soleil trop puissant, tandis que moi je m'étale de tout mon long sur le sable chaud, prête à me faire rougir la peau bien comme il faut. On a toujours été tellement différentes.

Quand j'étais petite, ma mère passait des heures à mon chevet avant de dormir pour m'aider à calmer ma jalousie face à ma sœur et à son don pour la gentillesse. Je lui répétais, les joues et le collet de mon pyjama mouillés de larmes : « Maman, pourquoi est-ce que c'est si facile pour Andréane d'être fine ? ».

J'ai toujours envié ma sœur. Pour tout. Pour son rire franc et son nez droit, pour son éventail de talents variés comme jouer de la flûte traversière, écrire avec une calligraphie impeccable ou tricoter n'importe quoi les yeux fermés. Et surtout pour sa gentillesse, si pure, si spontanée, pour cette fascinante facilité à se faire aimer de tout le monde, tout de suite.

Au moment où elle m'annonce qu'elle aura un enfant, je suis dans le plus creux de ma réflexion sur la maternité, dans le plus difficile. Tout est confus, et j'ai souvent l'impression de ne jamais arrêter d'y penser, même quand je dors, même quand je suis comblée par toutes les belles choses de ma vie. J'enfile les nuits blanches à me demander si mon ventre accueillera un jour la personne qui boira mon lait et qui me tiendra la main, sur mon lit de mort. Aux premiers balbutiements de cette crise de panique, les yeux rivés sur le petit bâton rose envoyé entre deux photos de plage, je me demande si la maternité de ma sœur viendra chambouler la tempête existentielle que je suis en train de traverser.

Je me demande (dans ma tête parce que c'est gênant) : est-ce qu'une partie de moi voudrait un enfant parce que j'ai besoin de cette attention ?

J'ai envie de pleurer parce que c'est laid comme question, que ça rend ma réflexion tellement moins noble, tellement moins importante ou pertinente, mais je suis incapable de ne pas la considérer, de ne pas assumer qu'elle existe quelque part, dans un coin sombre de ma tête du moins. Est-ce qu'une femme comme moi, qui fleurit et qui brille quand on lui offre de la lumière, ferait le choix aussi drastique et déterminant de devenir mère au nom d'un peu d'attention? Cette idée me semblerait complètement loufoque à une autre époque, mais celle dans laquelle j'évolue s'y prête un peu trop bien; on glorifie la parentalité sur Instagram, on l'étale à coups de petits kits pastel achetés chez Comme des enfants, de recettes miracles, de vidéos comiques, de bedaines huilées et rebondies et de *gender reveal* comme des pièces de théâtre. Ce n'est donc pas si fou de me demander si ce spectacle peut parfois me donner envie de faire un bébé et de tapisser Instagram de sa moue spéciale ou de sa tache de naissance en forme de chien-saucisse, d'emmagasiner les likes, de recevoir des invitations qu'une nullipare ne recevra jamais, comme des brunchs bring-your-own-enfant thématique robes à fleurs ou l'heure du conte dans une ruelle verte de Villeray *feat.* un gars qui a des airs de Fred Pellerin.

Cette hypothèse gênante quant à mon désir de maternité me fait tout de même avancer. Je vis dans une époque où les choix les plus importants sont parfois influencés par les choses les plus futiles. Je dois demeurer alerte, je dois protéger ma raison. Je n'aurai pas d'enfant si ce n'est que pour me faire du bien avec des petits cœurs lancés du bout du pouce. Je n'aurai pas d'enfant si ce n'est que pour mettre des pansements sur ce que j'ai de moins beau, sur ce que j'ai à travailler, sur ce qui fait de moi une femme imparfaite et insécure souvent. Je ne mettrai pas sur les épaules de mon enfant le poids de mes propres travers ou ceux de mon époque toute brisée. Quand je discute de ce constat avec une

Est-ce qu'une femme comme moi,
qui fleurit et qui brille
quand on lui offre de la lumière,

ferait le choix aussi drastique
et déterminant de devenir mère

au nom d'un peu

d'attention ?

amie, elle me pousse à aller encore plus loin, en mettant ses plus beaux gants blancs, mais aussi en sachant d'avance que sa question délicate nourrira inévitablement ma réflexion... Et si la possibilité de ne pas avoir d'enfant, et surtout de ne pas en vouloir par choix, était aussi une façon pour moi d'attirer l'attention ? Et si ma non-maternité, qui me ferait évidemment sortir du lot, ou de la masse du moins, venait combler mon manque d'attention ?

Je suis donc incapable d'y échapper : que je devienne mère ou non, j'aurai inévitablement à assumer que mon choix aura été influencé en partie par mon besoin d'être vue et entendue, de me sentir spéciale ou différente. Est-ce que le simple fait de le reconnaître me rend un peu moins détestable et égocentrique ?

Dans le chaos de mes propres contradictions et de la grande annonce d'Andréane, je me demande aussi comment je peux réussir à aimer cet enfant, mon futur neveu, qui a le potentiel de faire souffrir ma sœur, la personne que j'aime le plus au monde. Comment faire confiance à cet étranger qui va lui déchirer les entrailles, qui va lui dérober ses nuits, sa liberté, son temps, son corps, qui sera la source de tellement de maux, d'angoisses et de remises en question ? Je suis prête à me battre pour la protéger de ce poupon, mais ça aussi je le garde pour moi, dans ma tête, parce que c'est gênant, parce que ça ne se dit pas, et surtout parce que je dois me rendre à l'évidence qu'à partir de maintenant, elle aimera son fils plus qu'elle ne m'aimera. L'arrivée de cet enfant me pousse à réfléchir à la fusion qui a toujours régné entre ma sœur et moi, une fusion qui rend notre relation aussi solide que complexe. C'est toujours difficile pour moi d'essayer d'exprimer en mots ce qui nous unit, elle et moi, et je crois que seules des sœurs peuvent réellement en comprendre l'ampleur. Cet amour que j'éprouve pour elle, c'est ce qui m'a bouleversée le plus fort toute ma vie durant, de ma naissance jusqu'à aujourd'hui. C'est elle qui est à l'origine de mes plus grands moments de joie, mais aussi de mes peines les plus immenses et de mes colères les plus incontrôlables. Je parle souvent de notre lien comme quelque chose de mythique, d'insaisissable. C'est un amour inconditionnel qui fait souvent mal, mais qui permet surtout à ma vie de prendre tout son sens.

Je prends de grands respirs, je mets ma panique sur pause le temps de lui répondre que je suis effectivement tombée en bas de mes deux longues jambes, et que j'aurais mérité un appel, et pas juste un vulgaire texto. Elle me connaît par cœur, elle sait que je ne sens plus mes avant-bras, elle m'en veut de ne pas sauter de joie, mais comme à son habitude, elle me laisse être compliquée.

Aujourd'hui, dans cet état de calme, bercées par le doux son d'un allaitement d'avant-sieste, ce tableau prend tout son sens. Ma sœur et moi, c'est ainsi qu'on doit vivre notre vie, elle avec son fils accroché à son sein, et moi qui le surveille pour m'assurer que toute sa vie durant, il prenne soin d'elle comme elle prend soin de lui, et aussi comme moi je prends soin d'elle. Surtout, je ne sens pas de vide ni d'envie ni de jalousie quand je l'admire nourrir son enfant, la poitrine gorgée de lait, les joues rosées, le subtil sourire d'une femme qui accomplit un geste à la fois simple et extraordinaire accroché à ses lèvres. Au contraire, je nous admire chacune dans notre position, chacune dans notre vie à nous, des vies qui nous ressemblent et que l'on a choisies.

Elle mère, moi non.

ELLE

J'ai tout juste 33 ans. C'est le printemps. J'ai trouvé une fleur sur mon terrain. Elle est mauve (un beau mauve) et vaillante (on est en avril).

Depuis mon exil en campagne, dans le village où j'ai vécu toutes sortes de premières fois, je reviens constamment sur les lieux qui ont marqué mon adolescence. Comme l'ancien club vidéo où on passait des heures, entre copines, à choisir quel film de Freddie Prinze Jr. allait jouer en arrière-plan de nos jasettes cacophoniques, le vendredi après l'école. Ou la piste de ski qu'on traversait, été comme hiver, toujours mal chaussées et pas assez habillées, pour atteindre plus rapidement le chalet des garçons qu'on trouvait beaux (casquette par en arrière, cheveux qui flippent, bronzé, scratch dans face, hoodie Volcom, Jetta rouge). Chaque fois que je passe devant le pub où on sortait, chaque premier samedi du mois, pour boire des rhum and coke payés par nos parents et danser comme si le gars le plus cool de la place nous regardait, je me rends un peu plus compte de l'impact que ces années d'émotions fortes ont eu sur mon écriture. C'est ici que ma vie d'autrice a commencé, dans le chaos de mes relations d'amitié, dans l'intensité parfois enivrante et d'autres fois inconfortable du regard que les garçons posaient sur moi, que je le veuille follement ou que je n'aie rien demandé, dans les histoires d'amour et de désir qui m'ont fait sentir puissante-belle-brillante tout autant que toute-petite-terne-insignifiante, dans le dédain insupportable que j'avais trop souvent pour mon corps ou pour mes émotions contradictoires, intenses, floues ou bien trop flamboyantes.

J'ai commencé à écrire parce que j'avais besoin d'apprendre à m'aimer.

Et je sais que je continuerai à écrire pour panser toutes sortes de maux, les plus petits du quotidien tout autant que les grandes blessures de ma vie, comme celle, potentiellement, du regret. Quand j'essaie de prédire les répercussions qu'aura mon choix d'être mère ou non sur ma vie future, il y a une sorte de souffrance qui est beaucoup plus tangible que l'autre, et c'est celle qui s'emparerait de moi si j'avais à regretter d'avoir eu un enfant. Ce n'est pas la non-maternité qui me fait le plus peur, c'est la maternité elle-même, c'est l'éventualité de devenir mère et de me rendre compte que j'ai fait le mauvais choix.

Parce que si je reste confortablement installée sur mon nuage de nullipare, j'aurai toujours la liberté de consacrer ma vie à me créer un horizon différent, à accomplir toutes les choses que je ne ferais pas si j'étais mère. Je sais que je serai occupée. Occupée à tout faire sauf élever un enfant, c'est déjà beaucoup, je trouve. Alors que si je fais le choix d'avoir un enfant et que je suis malheureuse dans mon rôle de mère, l'immensité du tabou collé à une femme qui regrette ne me permettra jamais de l'assumer, d'en parler, et finalement de me guérir. Je serai éternellement prisonnière d'un amour aussi extraordinaire que douloureux, et je devrai porter le secret de ce regret dans une solitude insupportable, dans la honte la plus totale.

Et j'ai surtout la vive impression que je ne pourrai pas vivre une vie d'écriture si je fais le choix d'être aussi mère.

Les deux vont si peu ensemble, leur symbiose et même leur cohabitation me semblent impossibles. Écrire, pour moi, c'est me laisser être entièrement égoïste pour réussir à me comprendre sous toutes mes coutures, c'est me permettre d'être confortablement installée dans une solitude totale, habitée, submergée même, par cette quête d'amour-propre. C'est aussi et surtout me faire le cadeau de beaucoup de temps et de beaucoup d'espace, et je sais qu'avec un être que j'aime inconditionnellement accroché à mon sein, à mon cou, à ma main, à la pointe de mon cœur, je subirais une carence qui m'empêcherait d'écrire comme j'aspire à écrire. Si j'étais mère, j'en ferais ma priorité, et cet amour ne viendrait que faire de l'ombre à ce qui me définit tout entière.

Quand je demande aux femmes qui m'entourent de me parler de leur lien avec la maternité, elles me dressent un portrait multicolore qui a des airs d'histoire d'amour épique, pour le meilleur et pour le pire… C'est une aventure d'humilité, pleine d'épreuves, c'est plonger tête première dans ses propres travers, c'est tout donner sans rien attendre en retour, sauf peut-être le sentiment de bien faire les choses, au maximum de ses capacités. C'est l'angoisse qui rencontre la tendresse qui se mêle à un don de soi aussi épuisant que salvateur. C'est de l'incertitude, de la pression, beaucoup de magie et de lumière éblouissante dans le meilleur des sens, et des sacrifices à la tonne. C'est la plénitude et la culpabilité, c'est la puissance. Ce sont toutes les émotions et leurs contraires, c'est le plus grand des paradoxes. C'est aussi, pour certaines, synonyme de deuil, de combat, d'injustice ou, comme moi, de choix, de flou, de doute. Mais ce qui revient le plus souvent, et de loin, c'est cette notion de défi. C'est le challenge ultime de leur existence.

J’ai commencé à écrire
parce que j’avais besoin
d’apprendre à m’aimer.

Quand je réfléchis ainsi à la maternité, quand j'écoute ces femmes se confier, ventiler ou s'émerveiller devant ce qu'être mère veut réellement dire pour elles, j'observe beaucoup de similitudes avec ma relation à l'écriture. Passer ma vie à écrire sur ma vie, c'est être constamment connectée à une version de moi de laquelle je ne peux jamais me cacher, à qui je ne peux jamais mentir. C'est une promesse d'authenticité qui me donne le vertige, qui me ramène à l'essentiel, à mon propre reflet. C'est ce qui me permet de prendre conscience de toutes mes contradictions, c'est une manière à la fois douce et violente d'apprendre à me connaître, c'est une source inépuisable de surprises, de bonheurs, de découvertes, de bouleversements, d'angoisses. C'est me réinventer, me remettre en question, douter, créer ce que j'ai de plus beau à offrir.

Au terme de la rédaction de ce livre, de cette réflexion que j'encapsule pour trouver un certain sens à ma vie de femme, j'aurai au moins fait un choix. Celui de vivre une vie d'écriture. C'est ce qu'il y aura de permanent dans mon existence.

Je mise tout sur elle, je sais qu'elle me sera loyale. C'est à elle que j'offre mon amour inconditionnel. Ce sera elle, mon ultime constance.

C'est avec elle que je finirai mes jours, peu importe l'état de mon cœur, peu importe celles et ceux qui entreront dans ma vie ou qui la quitteront, tranquillement ou en coup de vent, peu importe l'état du monde autour de moi.

Elle ne me quittera jamais. C'est la plus grande certitude de ma vie.

Et cette certitude fera naître beaucoup de questions; je sais bien que d'écrire un livre sur mes tergiversations face à la maternité ne peut qu'alimenter les jugements, que j'attends à bras ouverts, toute prête, toute solide sur mes deux grandes pattes. Parce qu'une femme qui préfère passer du temps seule dans une maison de campagne à écrire sur comment elle se sent en dedans en buvant du rouge léger dans un verre ballon, la brise de l'après-midi qui fait durcir ses mamelons à travers son t-shirt-pas-de-brassière, le cœur et la pensée libres et l'utérus comme un gratte-ciel déserté durant les vacances d'été, c'est, pour certains, une sorcière. Ou une femme gaspillée.

Même en publiant ce livre, au terme d'une réflexion intense et hyper-personnelle, je sais que je me ferai dire, parfois avec une honnête bienveillance, que je n'ai que 33 ans, et qu'il se pourrait que je change d'idée. On va même me dire que j'ai « le droit » de changer d'idée, comme si on doutait de ma capacité à me laisser faire un choix pour moi, à réfléchir par moi-même, comme si j'attendais une permission.

J'ai envie de répondre tout de suite. Ce sera fait.

Ça ferait quoi que je change d'idée ?

FAIRE LA ROMANCE

*Merci à Andréane Beauchesne, Flynn Seneca Beauchesne McMillan,
Nicola Morel, Joëlle Landry et Charlene Sepentzis.*

Merci à celles et ceux que j'aime de me laisser écrire sur elles/eux.

Merci à toutes les femmes qui ont fait progresser ma pensée au fil de l'écriture de ce récit.

Pas merci aux garçons qui répondent jamais à mes textos.

TRADUCTIONS

1. On ne saurait trop insister sur les dommages causés par Sigmund Freud en popularisant le mythe de l'orgasme vaginal. Seul un tiers des femmes sont capables d'atteindre l'orgasme par la seule pénétration pénienne (c'est-à-dire sans les mains, seulement avec le pénis). Ainsi, l'idée que tout le monde devrait avoir des orgasmes de cette manière conduit les deux tiers des femmes à croire que quelque chose ne va pas dans leur fonctionnement sexuel, alors qu'en réalité elles sont parfaites. Ne pas atteindre l'orgasme sans autre stimulation que la pénétration pénienne n'est pas un défaut, c'est une caractéristique.

2. Ne pas connaître son corps, ne pas savoir comment il fonctionne et comment le faire fonctionner, cela diminue le pouvoir des femmes et les désavantage dans une relation sexuelle. De nombreuses femmes hétérosexuelles découvrent la sexualité auprès de leurs partenaires masculins, qui sont souvent eux-mêmes peu ou pas éduqués en ce qui concerne les mécanismes de l'orgasme féminin.

3. Les femmes ont la douleur dans le sang. C'est notre destin physique. Les règles douloureuses, les seins qui font mal, l'accouchement... On porte la douleur en nous, toute notre vie. Les hommes, non. Ils doivent la chercher ailleurs. Ils s'inventent des dieux, des démons et d'autres trucs pour pouvoir connaître la culpabilité, ce qu'on fait très bien toutes seules. Puis, ils s'inventent des guerres pour ressentir des choses et se frotter les uns aux autres. Et quand il n'y a pas de guerre, ils jouent au rugby. Nous, tout se passe ici, à l'intérieur. Notre douleur est cyclique, pendant des années et des années. Et puis, juste au moment où on a l'impression de faire la paix avec tout ça, que se passe-t-il ? La ménopause arrive ! La maudite ménopause arrive et c'est la chose la plus merveilleuse au monde. Oui, ton plancher pelvien s'effondre, tu as chaud et tout le monde s'en fout, mais ensuite tu es libre ! Tu n'es plus une esclave, tu n'es plus une machine avec des parties. Tu es une personne. En affaires.

4. Dès que j'ai perdu ma fertilité, j'ai commencé à vouloir un bébé.

5. L'ironie, c'est que le fait de savoir que je ne peux pas avoir d'enfant – et ma capacité à l'accepter et à aller de l'avant – est peut-être la seule raison pour laquelle je mérite d'être le parent de quelqu'un. Je pense que j'ai enfin quelque chose à apprendre à une autre personne.

RÉFÉRENCES

Carroll, L. (2000). *Families of Two: Interviews with happily married couples without children by choice.* Xlibris Corporation.

Chollet, M. (2018). *Sorcières: la puissance invaincue des femmes.* Zones.

Dunham, L. (2020). False labor. *Harper's Magazine.* https://harpers.org/archive/2020/12/false-labor-lena-dunham-fertility/

Duras, M. (1984). *L'amant.* Éditions de Minuit.

Ernaux, A. (1992). *Passion simple.* Gallimard.

Gunter, J. (2019). *The vagina bible: The vulva and the vagina: Separating the myth from the medicine.* Citadel.

Kock, M. (2022). *Vieille fille.* La découverte.

Legendre, C. (2020). *Nullipares.* Hamac.

Plank, L. (2021). *Pour l'amour des hommes: Dialogue pour une masculinité positive.* Québec Amérique.

FAIRE LA ROMANCE
Sarah-Maude Beauchesne

Texte : Sarah-Maude Beauchesne
Direction artistique : Charlene Sepentzis
Édition : Joëlle Landry
Révision : Marilou Cloutier
Correction d'épreuves : Caroline Louisseize
Traduction des extraits cités : Maude Labelle

Direction de la production : Mathilde Bessière
Direction éditoriale : Joëlle Landry
Direction générale : Antoine Ross-Trempe

Publié par
Les Éditions Cardinal
7240, rue Saint-Hubert
Montréal (Québec) H2R 2N1
editions-cardinal.ca

Dépôt légal : 2023
Bibliothèque et Archives nationales du Québec
Bibliothèque et Archives Canada
ISBN : 978-2-925078-84-5

Financé par le gouvernement du Canada | Funded by the Government of Canada | Canada

Nous reconnaissons avoir reçu l'aide financière du gouvernement du Québec – Crédit d'impôt remboursable pour l'édition de livres et programme d'Aide à l'édition et à la promotion – SODEC.

Réimpression, septembre 2024

ISBN : 978-2-925078-84-5
Imprimé au Québec

FSC www.fsc.org
MIXTE
Papier | Pour une gestion forestière responsable
FSC® C011825